T0149672

Simia Dei

Simia Dei

Extraña Dimensión

Armando Betancourt Reina

Copyright © 2018 por Armando Betancourt Reina.

Número de Control de la Biblioteca del Congreso de EE. UU.:   2018911164
ISBN: Tapa Dura   978-1-5065-2665-2
                 Tapa Blanda   978-1-5065-2664-5
                 Libro Electrónico   978-1-5065-2663-8

Todos los derechos reservados. Ninguna parte de este libro puede ser reproducida o transmitida de cualquier forma o por cualquier medio, electrónico o mecánico, incluyendo fotocopia, grabación, o por cualquier sistema de almacenamiento y recuperación, sin permiso escrito del propietario del copyright.

Esta es una obra de ficción. Cualquier parecido con la realidad es mera coin-cidencia. Todos los personajes, nombres, hechos, organizaciones y diálogos en esta novela son o bien producto de la imaginación del autor o han sido uti-lizados en esta obra de manera ficticia.

Información de la imprenta disponible en la última página.

Fecha de revisión: 18/09/2018

Para realizar pedidos de este libro, contacte con:
Palibrio
1663 Liberty Drive, Suite 200
Bloomington, IN 47403
Gratis desde EE. UU. al 877.407.5847
Gratis desde México al 01.800.288.2243
Gratis desde España al 900.866.949
Desde otro país al +1.812.671.9757
Fax: 01.812.355.1576
ventas@palibrio.com
785413

ÍNDICE

"En los demonios hay que distinguir entre su naturaleza, que proviene de Dios, y su culpa, que no proviene de Él."

Doctor Angélico: Santo Tomás de Aquino

LA HERENCIA

Cuando los actos humanos llegan al límite entre las cosas de este mundo y lo desconocido una extraña presencia invisible domina los sentidos primarios, debilita el entendimiento agente y un temor paralizante más allá del miedo común se apodera del cuerpo y de la mente. Un frio que hiela la sangre nos convierte en una liebre que presiente el acecho del depredador cuando está a punto de atacar. Cuánta incertidumbre nos abruma la oscuridad. No la oscuridad donde falta la luz que nos provee la visión de los colores y objetos en movimiento sino la oscuridad donde se pierde el conocimiento del bien y por naturaleza humana surge la desesperación por el no-retorno a la luz; no ya del cuerpo como materia que se transforma, sino del espíritu infuso y gozoso que es perfectible por participación.

Los relatos de esta historia muestran la impotencia de la razón humana cuando los fenómenos rebasan los límites de las cosas conocidas y que a diario nos rodean. En estos casos, las armas de fuego o las ayudas de emergencia en la lucha contra el mal, son banales. La plenitud de la bondad, la cual es atribuible solo a Dios, hace al hombre partícipe de ella de forma limitada debido a la voluntad pecaminosa de este y crea la deficiencia que da espacio al maligno como causa de seducción de los actos de maldad cometidos por los mortales. He aquí las consecuencias de la propia voluntad antinatural de aquellos que desafían no el mal, sino el bien que por naturaleza divina están llamados a hacer, es algo que desciende y luego trasciende por generaciones con el estigma del dulce atractivo de las tinieblas y la oposición a lo que es esencialmente divino. Aceptamos dócilmente que vivimos en una dimensión simple sobre una esfera y las personas están lejos de entender que en lo espiritual y no visible existe una acotación paralela del mundo situada, o mejor dicho existente, en otra dimensión. Puede parecer absurdo que cosas extrañas sucedan en un lugar específico y a veces sin expandirse a todo lo largo y ancho de una nación o territorio. Son puntos geográficos donde convergen lo visible y lo invisible como sucede en un cubo matemático y es allí donde se pierde el amor a Dios y se unen, por voluntad propia del sujeto, lazos con Simia Dei difíciles de deshacer. Una de estas oscuras brechas por donde se asoma la muerte del alma, encontró asiento en una cabaña apartada de una zona boscosa en el este de Arizona en un punto entre la ciudad de Scottsdale y la localidad de Alpine cerca de Nuevo México junto al lago Big Lake Pan y propiedad del señor Carl Reynolds y su esposa Laura. Más bien, un espacio donde se enfrentaron la vida y la condenación, diríase que en batalla épica.

A David Duarte nunca le había ido muy bien con sus familiares de ascendencia materna en lo que a afecto se refiere. Hijo de un inmigrante latino quien se casó con Stephanie Reynolds, una joven anglosajona y que siempre fue un tormento la relación entre las dos familias desde los primeros días del compromiso formal de la pareja. Miguel Duarte y todos en su familia de su país de origen eran de tez trigueña y de clase media y ella y los suyos norteños eran de tez muy blanca ojos azules y un status social de clase alta. Como si Dios quisiera estar a bien con todos, la genética en la procreación de la pareja después de un pujado matrimonio, trajo al mundo en el año 1990, a este muchacho de ojos azules y pelo castaño, pero de tez trigueña. Cinco años más tarde, una bella niña nació con todas las características físicas de un caucásico norteamericano, a la que nombraron Carla Duarte por ser el femenino del nombre del abuelo Carl. No obstante, a pesar del buen afecto que todos sentían hacia el chico David, los veintidós años transcurridos desde su nacimiento no lograron suavizar el resentimiento de algunos de los caucásicos al escuchar a cada momento el apellido hispano "Duarte" como parte de la familia, y que por tradición también lo adoptó Stephanie después del matrimonio con Miguel.

El mes de octubre corría y el verano de ese año 2012 pasó y con él el sofocante calor dejó de sentirse en extremo y desde mediados de septiembre hasta ese momento, habían pasado casi veinte días desde la muerte del abuelo materno de David en la mansión de la ciudad de Scottsdale. Al viejo Reynolds, según el dictamen forense de la policía, le vino un ataque al corazón unos días después de perder varios cientos de miles de dólares en un negocio de caballos de raza árabe. Llegó a perder algo de dinero en otros negocios anteriores en su vida de inversionista, ya que lo cierto es que generalmente no le gustaba mucho que el abogado o el contador de la familia metieran las narices en sus inversiones. También las pérdidas provenían de su adicción a los casinos, pero estas, considerando que no eran sustanciales, lo mantenían siempre imperturbable y de buen ánimo. Se le podía tachar de ser un poco racista, cosa que empañaba su imagen social máxime cuando se hablaba de su relación con su yerno. También sufría notablemente de complejo cartesiano, sin embargo, había que destacar su talento para los negocios en los que la mayoría de las veces salía ganando y la virtud de ser un hombre franco, de carácter recio y de hablar sin tapujos sin darle el más mínimo espacio a las mentiras, razón por la que supuestamente le vino el mortífero ataque cuando por causa de unos estafadores profesionales perdió más de medio millón de dólares dos días antes de refugiarse en la cabaña de Alpine. Por su talento llegó a convertirse, después de muchos años de trabajo, en uno de los más importantes inversionistas de la firma McDonell&Levy Co., la más renombrada compañía fabricante de monturas de caballos en todo el país y una de las mejores del mundo. El señor CR, como se le conocía en la compañía, era propietario de un *penthouse* en New York, una casa de verano en La Florida, la mansión donde tenía su residencia permanente en Scottsdale, Arizona, otra casa más de mediano valor en California donde a menudo se reunía con su amante Vicky, un yate de sesenta pies nombrado "Stephanie" como su hija y que permanecía todo el tiempo anclado en San Diego y la mencionada pequeña cabaña de descanso cerca de Alpine además de otras cosas de valor como joyas, autos y obras de arte y sus jugosas cuentas bancarias.

A Stephanie, su única hija hembra, se le resaltaban ciertos rasgos de aspereza en el carácter, herencia directa de él y sin lugar a dudas era una réplica exacta en la habilidad para los negocios además de ser una excelente jinete. A los cuarenta y dos años era, desde hacía unos tres años y medio, la que llevaba el peso de las finanzas de las acciones de su padre en la compañía, ayudada por su esposo Miguel quien tenía arte para la innovación de diseños en la fabricación de las monturas, aunque su trabajo siempre estuvo a la sombra. El viejo CR y algunos de los inversionistas no permitían la intromisión de Miguel en los negocios de manera directa, aun cuando sabían que este lo hacía a través de Stephanie y que por demás fue criado entre caballos en su tierra natal. A pesar de los fuertes lazos de amor que unían a la pareja, de vez en cuando surgían pequeñas desavenencias por el lugar inferior en el que siempre él se veía colocado por la familia de ella. La indiferencia de Miguel ante la muerte del señor Reynolds, lo llevó a refugiarse en casa de un amigo después del entierro para no asistir a la lectura del testamento en la mansión de Scottsdale el día acordado por el abogado. Sin embargo, su hijo David, quien admiraba mucho a su abuelo con quien mantenía extrañamente una fuerte unión de afecto y que la muerte de este lo conmovió profundamente, sí asistió con su madre a la lectura del documento.

Aunque ya había terminado el verano, el calor empezaba a subir ese día y se pronosticaba que la temperatura alcanzaría al mediodía los 89° F. y unos minutos antes de las nueve de la mañana, Stephanie y el joven David llegaron a la mansión donde ya casi todos estaban reunidos esperando la llegada del abogado. El ambiente era muy tenso y a algunos se les notaba la impaciencia. Una rotonda enlajada por donde hacían entrada los vehículos en el frente de la casa, rodeaba una fuente que amontonaba en el centro unas enormes rocas a una altura aproximada de ocho pies con una oquedad en la cima por donde salía a borbotones el agua cristalina sin presión bañando las rocas y caía en una piscina circular infestada de grandes peces de colores y algunas plantas de rio. Los árboles alrededor ofrecían una tupida sombra con escasos rayos de sol que se reflejaban hasta el fondo del estanque. David le siguió los pasos a Stephanie quien saludó a su madre viuda y después a sus hermanos y al resto de los familiares. El muchacho, después de los cumplidos con su abuela y otros familiares, se separó del grupo y se puso a conversar con uno de sus tíos que estaba un tanto apartado deleitándose con un cigarrillo mientras Stephanie se mostraba muy dulce con su madre que ahora terminaría los últimos años de su vida en viudez después de más de cuarenta años de matrimonio.

– Creo que estás fumando demasiado últimamente, tío.

– Sí, David. Es un vicio que está acabando con mi vida, pero no puedo dominarlo.

David sonrió y Rod aplastó la colilla en el suelo con la punta de su bota de vaquero, exhaló el humo y comentó:

– No sé cuál será la idea de tu mamá con reunirnos a todos aquí, pero, a decir verdad, la muerte del viejo no me conmovió mucho. De unos años acá me tenía apartado como a un leproso. Estoy aquí para averiguar qué diablos se le ocurrió dejarme después de su muerte. No tengo muchas esperanzas. Como quiera que sea ya está dos metros bajo tierra y no me va a amargar más la existencia. Siempre me estaba criticando mi modo de vida; mi vicio, las mujeres que me busco, mi vida desordenada, y tú y yo sabemos, como también lo sabe Stephanie, que él tenía una amante allá en California y traicionaba a mamá. En fin, que los dos éramos iguales solo que yo no me oculto y eso le molestaba mucho. ¿Sabes?

David trató de interponer algunas palabras en favor de su abuelo para aplacar el resentimiento de su tío.

– Es que tienes que entender que tú siempre fuiste algo diferente a él y estoy seguro que eso lo tenía muy decepcionado. Quiero decir…el hecho de que siempre andas en lugares marginales y peligrosos o de bar en bar, derrochando el dinero y creo que casi nunca te has interesado por los negocios de la compañía.

— Tú tienes razón, pero el viejo nunca fue un santo y también hizo cosas reprobables con el dinero. Aunque era de él, debió pensar que nosotros vivimos de esa fortuna. Además, nunca confió en mí para que manejara sus negocios. Si lo hubiera hecho, tal vez habría sido diferente con él.

— ¿Tú sabes algo de su pasado que nosotros no sabemos tío, además de esa mujer de California de la que hablas?

— Mejor no hablemos más de eso.

En eso se acercó la madre de David, abrazó a su hermano y les dijo a los dos que el abogado ya estaba esperando por ellos y que podían pasar al comedor donde se le iba a dar lectura al testamento.

El comedor era a todo lujo con una mesa de caoba tallada con ornamentos de estilo antiguo diseñada para diez comensales. Un aroma de un exquisito café humeante se esparcía por toda la casa. La cafetera y otros depósitos con crema y azúcar y algunas galletas fueron colocados en el centro de la mesa al alcance de todos. Los presentes, entre herederos y cónyuges, ocupaban todas las sillas, pero nadie decía una palabra y solo se limitaban unos a beber a sorbos el café, otros bebían vino y otros a esperar pacientemente. Observaban al abogado Stewart, quien se encargaba de los negocios legales de la familia por más de veinte años, sentado a la cabeza de la mesa ordenando los papeles con manos temblorosas. Usaba lentes finos en la punta de la nariz, de cabeza rapada y su cuerpo pasado de peso lo que evidentemente era demasiado para su baja estatura. Enredaba los papeles de un lado para otro y de vez en cuando se justificaba diciendo que no había tenido mucho tiempo pero que en dos minutos empezaría la lectura. Muy al contrario de la impaciencia de Rod, a Stephanie la envolvía una quietud y tristeza que la mantenían imbuida en sus pensamientos.

Reynolds, antes de morir, hizo las cosas lo más justas posibles con el fin de no dejar fuera de su fortuna a nadie. Mientras Stewart leía, el sudor le corría por la frente y temía que la inconformidad de algunos lo hiciera ver como culpable o cómplice de una injusticia por parte del difunto.

– "Aclaro, al final de mi legado -continuó leyendo el abogado- que no me iré de este mundo sin antes pedirle perdón a todos aquellos que, de alguna manera, sufrieron mis envestidas coléricas y mi desprecio. En los últimos días, después de llevar una vida sin fe, aprendí que hay un lado oscuro que con sigilo nos acecha y aunque no tuve fe en la luz divina, ansío reposar en ella eternamente."

Después de la lectura de la retribución de los bienes, casi todos recibieron una parte de la fortuna del señor Reynolds siendo la viuda quien se llevó el mayor por ciento. Incluso Stephanie, a pesar de haberse casado con el latino, se llevó a su cuenta personal al final de la lectura del testamento una buena suma de dinero y el yate. Por su parte la joven Carla se quedó con un juego de pendientes de diamantes valorados en casi un cuarto de millón de dólares. Ninguna de las dos tomó con mucho apego la herencia porque sintieron la indiferencia que el difunto le hacía a Miguel. La sorpresa para todos fue la herencia que quedó para el joven David. Ni él mismo esperaba que el viejo le dejara algo. Ciertamente, la propiedad de más bajo valor, aparentemente, entre todas las que el señor Reynolds legó fue la cabaña de descanso en las cercanías de New México y fue esta la que se llevó David. Nunca se supo a ciencias ciertas por qué

Reynolds dejó abruptamente de visitar esa casa en el verano del año anterior.

Los misteriosos eventos que desembocaron en la muerte de Carl, comenzaron para finales de agosto en ese mismo verano, cuando todos suponían que el matrimonio estaría unos tres días más a solas en la cabaña como hacia siempre después de disfrutar dos semanas de vacaciones en el lugar. En cambio, fue Laura su esposa, la que primero estuvo de vuelta en casa. Él también regresó a Scottsdale, pero al día siguiente. Aquella noche llegó dando golpes desesperados en la puerta después de perder su llave en el jardín al bajarse del carro. El nerviosismo de Laura fue tanto es ese instante que pidió auxilio a la policía antes de averiguar quién era el que tocaba de esa forma en momentos en que se encontraba sola. Una vez que se rehusó a abrir la puerta por temor, los gritos afuera le confirmaron que se trataba de su esposo e inmediatamente corrió a abrir. El hombre parecía que iba a morir de espanto. Sus ojos querían salirse de sus órbitas, la respiración jadeante y agitada y la voz tan temblorosa que apenas ella podía escucharlo. Luego de unos minutos, Laura les explicó lo sucedido a los policías que llegaron respondiendo a la llamada que ella les hizo, pero el oficial sólo pudo tomar nota de la declaración de ella debido al mutismo de Carl. Esa noche después que quedaron solos, el hombre no cerró los ojos ni por un minuto y estuvo todo el tiempo sentado a la orilla de la cama sin separarse de su esposa. Por más que ella trataba de hacerlo hablar o descansar, lo único que consiguió de él fueron pocas palabras:

– Nada. No quiero decir nada. No puedo decir nada. ¡Déjame en paz!

Quedaba en silencio por unos minutos y después murmuraba.

–¡Asag es un maldito demonio!, ¡Un maldito demonio!

Laura nunca pudo escuchar con claridad lo que decía en voz baja, pero no se atrevía a preguntarle.

Durante una semana después de aquel suceso, permaneció sin hablar con nadie y muy abstraído en sus pensamientos mientras que casi todos en la familia trataron de sacarle algo de lo sucedido aquella noche en su viaje de regreso, lo cual fue inútil. El tiempo pasó y hasta el día de su muerte, permaneció totalmente cambiado y casi siempre callado. Cuando alguien intentaba hablar sobre ese asunto, él rehuía con pavor y nunca llegó a explicar el motivo. Unos días después del incidente y con cierta discreción, los hijos se acercaron a averiguar en los archivos policiales para saber si en esa zona en esa fecha había ocurrido algún accidente fatal o algún homicidio, pero nada fue reportado a excepción de un pequeño incendio forestal no muy lejos del lugar en el que perdieron la vida cuatro personas. Laura una vez se coló en su despacho en momentos en que él no estaba y revisó la agenda y algunas anotaciones de su esposo buscando nombres de personas conocidas o desconocidas para verificar luego si se reportarían como desaparecidas pero lo más que encontró fueron citas de las amantes históricas de él a las que ya conocía incluso personalmente y que seguían con vida después de haberle chupado el dinero al viejo. También temía que su esposo hubiera acabado con la vida de su amante Vicky. Los cazadores de la zona, antiguos conocidos de la familia, nunca hablaron de algún hecho de enfrentamiento entre personas en el bosque y que por cierto entre ellos había algunos honorables ex agentes de la policía.

David recibió la noticia de la herencia con satisfacción porque en más de una ocasión le había hecho saber a su abuelo su pasión por la lectura y la escritura y que deseaba algún día poder leer todos los ejemplares que su abuelo guardaba en la biblioteca de la casa de descanso. Por ser la propiedad de más bajo valor, sin embargo, atesoraba una gran riqueza cultural expuesta en unos cuatro estantes de unos seis pies de alto y todos los entrepaños estaban cubiertos por completo de libros de diversos géneros, épocas y autores. En una ocasión en que el muchacho se encontraba a solas con su abuelo entrenando un caballo para una feria, este le hizo algunos comentarios acerca de libros muy antiguos y únicos, por lo que David siempre sospechó que su abuelo guardaba muy celosamente en su librería alguno muy valioso o quizás un incunable que había obtenido en una subasta. Carl sin dudas era un apasionado a la lectura y en su tiempo libre cuando no estaba en casa o en el hipódromo, se le podía encontrar en la biblioteca de *La Cueva*, como le llamaba a esta casa por estar en un lugar apartado y tranquilo, devorando hora tras hora las páginas de los libros viejos leídos más de una vez o algunos nuevos adquiridos durante la semana.

En la noche, después de la reunión familiar, Stephanie y Miguel hicieron un recuento de los sucesos de esa mañana y él, imperturbable en su carácter, no se mostró molesto ni por un segundo al enterarse que su difunto suegro no le había dejado ni un centavo. Sin embargo, se alegró cuando su esposa le comunicó que ella y los hijos fueron agraciados por su padre con una pequeña fortuna más el yate. Luego le habló con franqueza:

– Amor. A decir verdad, me molesta mucho lo injusto que fue papá contigo, pero eso era de esperarse. -Se abrazó a él y continuó- Me pongo de tu lado porque te amo, pero pensé que no era buena idea que renunciara a la parte que me tocó. Al fin y al cabo, ese dinero nos va ayudar mucho. Recuerda que tenemos una familia que atender, deudas que pagar y tenemos que ser realistas en ese sentido. ¿Verdad?

Miguel solo se limitó a decir:

– No tienes de que preocuparte cariño. Es tu dinero y tienes derecho de hacer con él lo que quieras. Sería injusto y egoísta de mi parte si te obligara a renunciar a tu fortuna solo por resentimiento con tu difunto padre.

Ella no era una mujer ambiciosa pero esa pequeña fortuna era la herramienta que necesitaba para impulsar el desarrollo de sus acciones en el negocio y cubrir las necesidades de su familia. Más tarde, mientras preparaban la mesa para la cena, Carla comentó algo con ellos sobre sus planes futuros.

– Mami. Me gustaría quedarme con los pendientes y guardarlos como un patrimonio personal y usarlos en ocasiones especiales o podría venderlos y con el dinero pagarme los estudios universitarios. ¿Qué crees?

– Hija mía, me gusta la idea de guardarlos. Con ellos siempre vas a tener asegurada tu vida. Yo me encargaré de pagarte los estudios. ¿Bien?

– ¿Y tú qué crees, papá?

– Estoy de acuerdo con tu madre. Sin embargo, debes tener mucho celo con eso y no comentarlo con nadie. Si ahora no tienes novio, después que lo comentes tendrás una fila detrás de ti. Unos porque te ven más importante y otros porque buscan apropiarse de tus joyas. Así nunca sabrás quién te quiere de veras.

También estaban interesados en escuchar lo que David tenía pensado hacer con su herencia y mientras todos degustaban el guiso que Stephanie había preparado, él empezó a hablar:

– Quiero decirles algo. -dijo muy ceremonioso e hizo que todos le prestaran atención. -Hace unos meses me licencié en Filosofía en la Arizona State University y mi sueño siempre ha sido escribir un libro. Dios no me dio la gracia para conocer cosas acerca de los caballos como mi abuelo me enseñó, pero al menos de él heredé el hábito de la lectura y pienso que recibí un bello regalo con esa biblioteca en La Cueva donde creo que tendré la tranquilidad suficiente para estudiar y escribir. Les digo esto porque he tomado la decisión de irme a vivir allá por un tiempo.

–¿Así no más, Miguel? -preguntó asombrada Stephanie- ¿No vas a oponerte a esa idea tonta de él?

–No, Stephanie. Ya David es un adulto y no tiene caso que queramos retenerlo a la fuerza. Sería como empujarlo lejos de nosotros. Ahora David, -dio por terminada la conversación con su mujer y volvió a dirigirse a su hijo- pero debes prometernos que de vez en cuando te darás una vueltecita por acá para que nos cuentes cómo van tus planes y tu libro y si no resulta quiero que nos prometas que vas a regresar junto a nosotros. Sería buena idea vender aquella propiedad y comprarte algo cerca de nosotros acá en la ciudad.

– Claro, papá. Vendré a visitarlos cuando esté listo. Y como ya les dije, pueden llamarme todos los días si quieren y cuando haya señal hablamos.

La cena no terminó feliz para los Duarte después de haber escuchado la decisión de su hijo de emprender vuelo y abandonar el nido. No había remedio, para la cultura norteamericana había tardado un poco el desprendimiento del muchacho hacia una vida independiente. Más tarde en su habitación,

Miguel parecía petrificado delante de la ventana de su cuarto alto observando la copa de los árboles iluminadas por la luz de la luna en la quietud de la calurosa noche. Su mente hacía un recuento de los primeros años de su hijo cuando apenas caminaba y todo eso le pareció que sucedió ayer. Stephanie ya no era la misma mujer joven de piel tersa y suave y movimientos ligeros como el viento. Ahora sus manos que reposaban alrededor de su cintura y con la cabeza recostada a su espalda, le transmitían la fragilidad de su cuerpo un poco gastado por el paso de los años. Él también añoraba los días en que solo se interesaba por estudiar y conquistar el corazón de Stephanie cuando estudiaban en la misma preparatoria.

–¿Crees que se vaya para siempre? -pregunto ella con voz quebrada.

Miguel se dio vuelta, le tomó la cara entre sus manos y dijo.

–No lo creo. En esta casa siempre ha habido mucho amor y comprensión entre todos y eso crea una solidez que no se rompe tan fácil. Aunque tu carácter

– Sí. ¿Sabes lo que significa?

– No, mamá. No tengo la menor idea. Voy a averiguar. ¿Ok?

– Muy bien mi hija. Buenas noches.

– Buenas noches mamá.

Colgó el teléfono y comentó con Miguel.

– ¿Sabes qué quiere decir Simia Dei? Mi madre me acaba de decir que encontró esa frase entre las anotaciones de mi padre en el escritorio de la biblioteca.

Miguel se quedó pensando y después respondió.

– Eso es latín. En mi familia siempre hemos sido católicos y conocemos algunas palabras de ese idioma porque en realidad es el idioma oficial de la Santa Sede y algunas cosas de la liturgia en las celebraciones aún se dicen en latín, por eso te digo que *Dei* significa Dios y *simia* se me parece a la palabra mono o simio en español. ¿No crees?

– ¡Santo Dios! -exclamó ella y se llevó las manos a la cara. - Sí. Yo también asocié esa palabra con simio, sin embargo, la frase realmente no me dice nada. Si es como tú dices, es una blasfemia o algo así. Lo extraño de esto es que papá nunca fue muy creyente y católico mucho menos. Tampoco he sabido que se interesara por la lectura religiosa o que escribiera poemas.

– ¿Te refieres a un poemario?

– No. Es sólo que esa frase, según mamá, está escrita varias veces en la misma hoja donde hay escrito un poema rarísimo. Espera, ahora regreso. Voy a buscar en internet.

Miguel se metió debajo de la sábana a esperar por ella. Al rato ella volvió y se acostó a su lado. Permaneció un instante en silencio y con la mirada fija y perdida mientras su esposo esperaba que dijera algo acerca de la búsqueda que acababa de hacer y entonces ella comentó:

– La frase significa algo así como "El Mono de Dios". Es uno de los nombres que en la antigüedad le daban tenido la noche anterior y con el fin de ver con sus propios ojos el poema y la frase escrita en los apuntes de su padre.

No entró al despacho de su padre el día anterior en la lectura del testamento, pero ahora lo hizo sola mientras esperaba por su madre que había ido al baño. Era Laura quien lo mantenía todo tal y como él lo había dejado la última vez que estuvo allí. El reloj de péndulo de unos cuatro pies aún daba la hora exacta y el martilleo del tic tac invadía el silencioso aposento marcando el tiempo como si fuera a acabarse justo en los próximos minutos. Los sillones, un librero, la porta paraguas, la mesita de vino, la vitrina con los premios y el escritorio en sí, todo era de madera de roble bellamente tallada y su solidez en medio de la quietud de la oficina, denunciaba la antigüedad de todo lo que allí había. Las cosas parecían tener su propio lenguaje sombrío diciéndole a los visitantes la relación mística del difunto con sus propiedades. Era claro para Stephanie que el alma de su padre estaba presente justo al lado de ella disfrutando de la soledad de su biblioteca que llegó a ser como una extensión de su propio cuerpo. A un lado del escritorio, la vitrina mostraba estatuillas de premiaciones de la compañía y algunos regalos importantes. El sillón giratorio estaba de frente a la ventana que daba al patio y en el cenicero todavía quedaba un habano nuevo con el encendedor a un lado.

–Papá. -dijo en sollozos como si estuviera al lado de él y las lágrimas brotaron de sus ojos.

Cerró un momento los ojos y recordó las veces que él la sentaba en sus piernas junto al escritorio para leerle libros de cuentos infantiles que le compraba cada semana. Cuando abrió los ojos, el sillón giró suavemente hasta ponerse de frente al escritorio. Ella buscó enseguida la corriente de aire que debió moverlo, pero todo estaba cerrado. Pensó que si era él nada malo podría sucederle y sin temor se sentó. Abrió la gaveta del centro y sacó una agenda. Miró a su madre que hizo su entrada en ese instante y luego la viuda dijo:

– Allí está el escrito del que te hablé ayer. Mientras lo lees voy a poner el café.

Laura salió del despacho y Stephanie comenzó a ojear con detenimiento la agenda. Las primeras páginas describen, a modo de testimonio, las horas en que su padre se quedó sólo en la cabaña después que Laura hubo de irse en aquel entonces. Los escritos decían así:

"Ella se fue temprano en la mañana y dos horas más tarde apareció este hombre. Tiemblo hasta los huesos de miedo y no sé por qué. Me ofrece la tierra ante mis pies si lo sigo. Ya casi me ha convencido porque sus palabras son irresistibles y me cuesta negarme. A veces es él, a veces son muchos. Colman la casa como si estuvieran en una estación de trenes. Las negras aguas del pozo del dolor emiten interminables quejidos de almas en desesperación y sus guardianes transgreden la imagen de mi reflejo enfermo. Son monstruos. Sagaces monstruos que usan la ventana para devorar víctimas mortales. Mis sentidos van a hacer estallar mi cerebro. Los veo horripilantes, huelo su hediondez, oigo sus ruidos que crispan mis nervios, siento su fría carne entre mis dedos y mi lengua me sabe a sangre. Hace miles de horas que ella se fue y él sigue allí. Sentado frete a mí después de marcar el suelo debajo de mi alfombra, trazando con una cuchilla un perfecto pentáculo. Ahora escribo su dictado y no sé qué será de mí en lo adelante."

Se intercalaban símbolos nunca antes visto por ella y más adelante encontró el poema que buscaba que decía así:

"Spiritus tuus inclusus in carne mea,
Simia simia Dei Agnus Dei, Dei simia.
Mors gratia mea obedientia
Ignis enim generat in sapientia tua
gaudium meum,
Clavi in aleam tanti sanguinis
Fixumque sepulcrum post
resurrectionem.
Simia simia Dei Agnus Dei, Dei simia."

Más abajo podían leerse algunos símbolos de una escritura antigua y fue entonces que ella decidió llevarse la agenda para consultar con Miguel o en internet.

– Mamá. Quiero que me prestes la agenda. Voy hacer algunas averiguaciones y después te la devuelvo. ¿Está bien?

– Sí, cariño. Sabes que esas cosas de tu padre son también tuyas.

los condenaban *inclusus*, que es lo que hoy se conoce como cadena perpetua, pero era más cruel aún, pues debían permanecer el resto de sus vidas en una celda y muchas veces se les conminaba a transcribir en su totalidad las Sagradas Escrituras.

– O sea, a lo que me imagino, algunos de esos monjes en lugar de reformarse, le entregaban su alma al diablo con ese conjuro. ¿No?

– Al parecer, sí. Era la edad media. Y los castigos que supuestamente debían corregir una conducta supuestamente herética, más bien surtían un efecto contrario.

– Y esos jeroglíficos o símbolos que hay debajo. ¿Qué crees que sean?

– Realmente no sé de dónde sacó esos escritos, me parece que es una referencia a las clavículas del Rey Salomón o Eleazar el mago judío de la antigüedad de quien se dice invocaba los demonios con conjuros.

Quedaron un rato en silencio y luego ella expresó:

– Cada vez siento más miedo de dejar a David sólo allá en esa porquería de cabaña. ¿Y no crees que algo malo pueda sucedernos después de haber leído ese conjuro? Te lo digo en serio, ¿eh?

Miguel se le acercó, la acarició contra su pecho y le murmuró:

– No tengas miedo, él es fuerte y nada le va a pasar. Además, estaremos con él al menos uno o dos días. Por otra parte, el conjuro no creo que funcione así no más con leerlo. Estoy seguro que para eso se necesita una especie de ritual y entrega total a las fuerzas del mal.

VIAJE A "LA CUEVA"

Algunos asuntos importantes quedaron pendientes, mas, sin embargo, la salida a la cabaña no pudo hacerse en la mañana del sábado como se había planeado y sobre las tres de la tarde de ese día todos por fin emprendieron el viaje hacia el noreste. La camioneta *pick-up* de Miguel iba bien abastecida de comida y bebida lo cual indicaba que no confiaban en las condiciones operativas en que se encontrara la alacena de la casa del bosque. En un espacio del vehículo llevaban una maleta grande con las pertenencias de David seleccionadas casi todas por su madre quien no dejó de incluir algunos medicamentos y fotos de la familia guardadas en un sobre amarillo.

Después de tres horas de viaje y a mitad de camino de la zona donde estaba ubicada la casa, una parte del paisaje se había convertido en las últimas semanas en un entorno grisáceo y negro debido a un incendio forestal ocurrido en el mes de julio, registrado como uno de los más grande desde hacía muchos años en el Estado de Arizona. Miles de hectáreas de bosque fueron envueltas por las llamas originadas según reportes oficiales por el intenso calor, aunque muchos comentarios se hicieron acerca de un supuesto accidente el cual nunca fue aclarado. A lo largo de millas de carretera en dirección a la propiedad, se erguían a ambos lados de una vía interior apartada del *highway* 191, gigantescas púas desojadas y de color negro que miraban al cielo gris y de vez en cuando aparecían restos de siervos y lobos que habían sido atrapados por las llamas. Hicieron un alto en el camino para estirar las piernas y observar perplejos la destrucción por el siniestro. El olor a madera quemada aún estaba en el ambiente y todo lo que antes era verde, ahora no era otra cosa que lodo negro después de dos días de lluvia que pusieron fin al voraz incendio. El eco del graznido de los cuervos se ajustaba perfectamente con aquel panorama tétrico que se extendía hasta las colinas cercanas que apenas se veían a medida que la noche se acercaba. A David le pareció estupendo el panorama para la inspiración literaria mientras que a sus padres se les pusieron los pelos de punta y no cesaban de intentar persuadir al muchacho para que regresara con ellos a casa. La persuasión fue inútil, mas la intranquilidad de Stephanie iba en aumento. Miraba con miedo por los alrededores de sus vehículos aparcados a la orilla de la vía, al tiempo que Miguel empezó a discutir con su hijo un poco alterado al ver a Stephanie llorar.

– ¿Es qué no te das cuenta que tu madre está desesperada y aterrada por ver que te vas a internar en un lugar muy desolado? ¿Qué te pasa por la cabeza? ¿Es que estás de mente o qué?

dividida en varias secciones cubiertas cada una con techo de dos aguas y un techo muy gracioso y pequeño cubría el portal de la entrada principal. A un costado de una de las paredes se levantaba desde el suelo una armazón de piedras que conformaban la chimenea y que luego terminaba asomada por encima del juego de techos. Era una casa muy bien diseñada en medio de una zona boscosa apartada y con la más cercana vecindad y de algunos pequeños negocios, así como una estación de gasolina a unas dos millas de distancia y el lago Big Lake Pan que, en verano, era zona turística bien concurrida durante el día.

Entraron de prisa y aun así les cayó algo de lluvia y fueron en busca de algunas toallas para secarse. Stephanie esperó que Miguel encendiera el generador y luego se encargó de prender las luces mientras que Carla y David echaban una ojeada por la cocina, el cuarto y otros rincones. Querían cerciorarse que no hubiera intrusos o animales salvajes. Stephanie buscó algunas ropas de su madre en el armario y notó que a este le faltaba el espejo. Se las puso y le alcanzó una muda de su difunto padre a Miguel. Carla también se cambió de ropa con algo que encontró y todos se sentaron en la sala a calentarse y a comer de lo que trajeron antes de ir a la cama pues un cambio de planes a última hora les hizo acordar que el regreso no sería hasta el amanecer. Con unos trozos de leño Miguel prendió fuego en el hogar y enseguida el calor hizo de la pequeña sala un espacio tibio y bien acogedor. Los asientos de madera rústica estaban protegidos con cobertores de tela blanca. David se ocupó de desvestirlos y lucían bastante nuevos. La mesa del comedor y el color de la madera combinaba muy bien con las paredes también estilo rústico. Encima de la chimenea, unas pequeñas gárgolas desentonaban con todo lo demás, pero fastidiosamente atraía las miradas de los visitantes los que no tenían ni la menor idea de por qué estaban allí. En un lado de la sala había un mueble para copas y botellas de vino. Los espacios para las botellas estaban todos llenos con vino de la más alta calidad. Stephanie tomó una copa y escogió una botella de Chateau Margaux francés.

– Miguel. ¿Quieres un trago? -preguntó.

– Sí, amor. Eso me va a calentar un poco los huesos después de este chaparrón.

– ¿me puedes dar un poco a mí, mamá? Dijo David.

– Solo una copa. ¿Ok?

– Por favor, mamá. Ya soy un adulto.

Después de beberse casi de un tirón el vino, Miguel, impresionado, se levantó y tomó la botella de la mano de su esposa. Le miró la etiqueta y exclamó:

–¡Válgame Dios! Sí que hay tesoros en este lugar. ¿eh? Si alguien se entera que en esta cabaña hay botellas de vino de más de mil dólares, entonces nuestro hijo sí estaría corriendo peligro. ¿Me sirves otra copa, amor? Por favor.

Esta vez la saboreó mejor y Carla, que se desenredaba el pelo con un cepillo sentada en el suelo cerca del hogar, exclamó molesta:

–No sé mi hermano, pero ¿cómo te las vas a arreglar sin internet? Yo no podría. A la semana me aburriría y me iría. Y, además, el celular no tiene cobertura aquí metido.

–La internet por el momento no me interesa. Si necesito hacer una búsqueda, pues anoto la duda en mi agenda y cuando los visite a ustedes busco en la computadora tuya.

En eso Miguel cambió el tema.

– ¿Por qué no buscamos entre todos algo interesante que nos dé una pista aquí en esta casa de cuál fue el motivo del comportamiento extraño que tuvo el abuelo de ustedes muchachos, antes de morir?

– Me parece muy buena idea. -repuso Carla-Todavía es temprano y podemos buscar antes de ir a dormir. Y…Mamá.

– ¿Sí, amor?

– Ahorita cuando fui al baño, vi que el espejo estaba cubierto con una tela negra. ¿Por qué?

Hubo un momento de silencio y entonces Stephanie esquivó la pregunta.

–Vamos todos. No hablemos más y a la mesa que ya está servida la cena.

Después de una charla agradable en medio de una cena sencilla y con el calor de la leña en la chimenea, decidieron pues repartirse las tareas.

– Muy bien. Carla, tú vienes conmigo a buscar acá abajo en los estantes de libros y tu papá y tu hermano buscan arriba en el cuarto y luego en el ático.

Después que ambos terminaron su copa, subieron la escalera mientras que Stephanie y Carla revisaron todas las gavetas del estudio donde se percataron que también un espejo había desaparecido. Arriba, Miguel, después de explorar el cuarto y seguir escaleras arriba, prendió una luz opaca que colgaba del techo en el ático a poca distancia de su cabeza y empezaron a mover trastes llenos de polvo y que por años no se habían movido de su lugar. Dos viejas monturas con diseños antiguos y con el logo de McDonell&Levy Co., algunas maquinarias de limpieza, una sierra de cadena con la que Carl podaba las plantas, muchos avíos de pesca y una vieja escopeta de caza con los cartuchos. David se acercó a una ventana que miraba al fondo de la casa y en el vidrio pudo distinguir algo escrito con letras rojas. Se detuvo a observar y en eso llamó a su padre.

– Ven papá. Quiero que veas esto.

Miguel caminó hasta la ventana y pudo leer el escrito. Parecía hecho con sangre ya seca y como que usaron el dedo para escribir, pero no tenían la certeza de que la sangre fuera del señor Reynolds o de alguna otra persona o quizá no era en verdad sangre sino más bien pintura roja.

– ¿Qué significa papá?

Preguntó David ansioso por saber el significado de la palabra escrita sobre el vidrio a lo que Miguel hizo una observación antes de responder.

– Está escrita en un solo trazo y no hay rastros de gotas en el piso.

En eso, Stephanie y Carla entraron al ático llamándoles la atención.

– Tiene que ver con cosas diabólicas.

Enseguida Gutiérrez se persignó y se mostró interesado en el problema de Miguel.

– ¿Ha habido eventos paranormales o alguna posesión diabólica en tu familia?

– Gracias a Dios no, padre. Pero sí es acerca de unos escritos que el difunto suegro mío dejó en una agenda y que nos hace sospechar que guarda relación con su muerte. El asunto es que él tuvo un cambio de actitud muy drástico después de un regreso repentino de su cabaña en el bosque allá en Alpine y nunca más volvió a ser el mismo hasta su muerte que fue, según el dictamen forense, debido a un ataque cardíaco.

– Todo eso lo sé, pero ¿Y qué dicen esos escritos? -preguntó el sacerdote.

Miguel metió su mano en el bolsillo y sacó un recorte de papel con el escrito del conjuro en latín y más abajo la frase *Inclusus* y se la entregó. Al momento de ver el escrito, Manuel pasó la mano por su rostro desde la frente hasta la barba, se tocó el pecho apretando ligeramente el crucifijo y le dijo a Miguel:

– Es un sacrilegio que hablemos sobre esto aquí dentro. Mejor vayamos al patio y te contaré sobre el escrito y otras cosas.

Los dos se dirigieron al patio central de la iglesia. Era un patio bordeado por tres pasillos techados casi cerrando el cuadro del perímetro del lugar. Recostados a las paredes, equidistantes unos de otros, había una docena de bancos de madera rústica. Había también puertas de acceso a las que solo el sacerdote podía entrar pues siempre permanecían cerradas. En el centro del patio, se erguía una pequeña fuente con una escultura en mármol del santo patrono sosteniendo una jarra por donde salía un chorro fino de agua. Era el único ruido que se hacía escuchar en el patio además de las hojas secas que el viento arrastraba sobre el piso adoquinado y el piar de algunas aves que alborotaban cerca del agua que caía. Se sentaron en uno de los bancos y por un minuto permanecieron en silencio. Luego Manuel, abriendo otra vez el papel lo leyó detenidamente, se lo entregó a Miguel y mirándolo le dijo:

– En mi vida de sacerdocio he leído mucho sobre el ángel caído. He viajado por casi toda Europa y he visitado muchas bibliotecas antiguas de la Iglesia, estuve durante algunos meses en el Vaticano estudiando documentos antiguos no aprobados por la Iglesia, es decir apócrifos, gracias a un cardenal amigo mío que me facilitó el acceso a mucha literatura. Estuve también en El Cairo y otras ciudades del Medio Oriente. En fin, que puedes estar seguro que lo que te diga acerca del tema que te preocupa, tengo autoridad suficiente para decirlo. Y aunque nunca te lo haya dicho, tengo licencia del arzobispo para hacer exorcismos también. En una biblioteca de un monasterio jesuita en Korydallos, Grecia, encontré un libro de un escritor griego del siglo XIX del que no recuerdo el nombre, que habla de las claviculas del rey Salomón y también algo sobre el mago Eleazar. En dicho libro, se leía este conjuro en hebreo antiguo y su traducción en latín. Salomón, de quien se dice exorcizaba demonios y gustaba también de invocarlos con conjuros, hacía un uso frecuente de este en sus rituales para que aumentara su poder y sabiduría. Lo que no deja de sorprenderme querido Miguelito, es el hecho de que tu difunto suegro tuviera acceso a este escrito sin haber viajado a Grecia y por lo que sé, no se puede encontrar en las bibliotecas públicas, ni siquiera en las redes sociales.

– Yo tampoco tengo idea de cómo llegó eso a sus manos. De hecho, hay también algunos símbolos que supongo deben estar relacionados con esas clavículas de las que me hablas. Pero, ¿Qué tiene que ver en todo esto la palabra *Inclusus*? Hasta donde sé, era una condena que se les daba a los sacerdotes regulares cuando cometían un pecado grave. ¿Es así?

– Así es, hijo. En la edad media existía allá en la ciudad de Bohemia, actual República Checa, un sacerdote regular llamado Herman de un monasterio Benedictino que al parecer cometió un pecado grave y fue condenado por sus superiores a *Inclusus*. La condena en realidad hoy día es ambigua. Unos interpretan que la persona era emparedada viva hasta que moría de asfixia y otros que la encerraban entre cuatro paredes por el resto de su vida sin la posibilidad siquiera de tomar el sol. A mi entender, esta última es a la que fue sometido este sacerdote. Herman, en un estado de desesperación, les pidió a sus superiores que lo liberaran del castigo y a cambio,

SÓLO EN LA CABAÑA

En su infinita perfección, Dios creó la perfección participada y limitada a la materia. Nada hay fuera de Dios que sea en esencia perfecto. Solo Él es su propia esencia en puro acto y simplicidad simultáneamente en su existencia. Aun así, todo lo vemos perfecto a nuestros ojos debido a la limitación de nuestra inteligencia, porque todo lo que nos rodea fue creado para nuestro gozo en este mundo temporal. El inmenso verde de los pinos lejos del lugar devastado por el fuego y que recorre el horizonte allende, las tranquilas aguas del lago al lado de la colina sobre la cual está parado David y el graznido de los cuervos que llega al oído celebrando la fresca y brillante mañana en medio del páramo. Aunque llevaba consigo la vieja escopeta de caza de su abuelo para su seguridad, salió en busca de una inspiración que lo llevara de vuelta al papel. Más bien no buscaba precisamente un entorno que evocara una musa para un cuento de hadas donde la maldad no existe, pues eso no llenaría su apetito. Algo sentía que faltaba para que removiera su espíritu y le empujara a crear una historia. Su familia ya no estaba y debía enfrentar el reto de su vida; escribir o renunciar para siempre. El camino hasta el cerro le tomó una media hora y quizá adentrarse entre los troncos negros hasta donde empezaba lo verde, le hubiera tomado otra hora más, solo que esta vez no se decidió y prefirió regresar a la cabaña a prepararse algo de almuerzo.

Tan ensimismado estaba en sus pensamientos en el trayecto de regreso a la cabaña, que apenas sentía el crujir de sus pisadas sobre el terreno enlodado y su mirada estaba fija en un punto en el vacío sin advertir que muy cerca de él, otros pasos iban con él. De pronto, una voz femenina se oyó por entre los arbustos a la orilla del lago:

– ¡*Inclusus*!

David dio un sobresalto y su cuerpo se estremeció hasta los huesos. Permaneció unos minutos en silencio e inmóvil con la escopeta preparada para defenderse, aunque de seguro no le dispararía a una mujer. Sus ojos se agitaban de un lado a otro con mirada aguda que penetraba los rincones de los arbustos y lo único que llegó a sus oídos fue el latido de su propio corazón como un tambor dentro del pecho. Cuando creía que todo había sido producto de su imaginación y se disponía a continuar la marcha, escuchó una risa sarcástica en la voz de la misma mujer y entonces gritó:

– ¿Quién está ahí? ¡Señorita! ¿Puedo verla?

A poca distancia, alguien corrió alejándose del lugar dejando ver destellos de su vestidura blanca y David, sin intentar seguirla, se apresuró en dirección contraria tomando la carretera hacia la cabaña que ya se encontraba a media milla. Permaneció encerrado todo el día y de vez en cuando se asomaba por las ventanas a mirar los alrededores. Podía decirse que por voluntad propia estaba...*inclusus*. Unas horas más tarde, buscó en la alacena y en la nevera algo para preparar la cena después de pasar casi todo el día sin probar bocado. Su tensión se disipó un poco mientras cocinaba y el tiempo corrió hasta caer la tarde en que sorpresivamente, apareció de nuevo la lluvia y el cielo se cubrió de nubes negras. Un fuerte relámpago y a continuación un trueno ensordecedor lo sacaron de sus quehaceres en la cocina y volvió a asomarse a los vidrios de la ventana de la sala para mirar caer la lluvia. Quedó petrificado observando que, a unos ochenta pies en el lindero del bosque a través de la abertura de la verja que olvidó cerrar, una pareja de un hombre y una mujer de cuerpos muy delgados y pálidos completamente desnudos estaban en pleno acto sexual bajo la lluvia, inclinada la mujer hacia adelante sujetada de un pino y el hombre detrás de ella. No podía creer lo que estaban viendo sus ojos; bajo la fría lluvia, dos personas enfrascadas en un acto sexual íncubo o súcubo o ambos inclusive desprovisto de amor y pudor. No era para nada comparable con el acto que pudiera hacer cualquier pareja normal en la intimidad y al calor de una acogedora cama en una alcoba. El agua les corría por todo el cuerpo y el muchacho sintió indignación por tal escena depravada a campo abierto justo enfrente de su casa. Observó también cómo parecía salirles plumas del color de los gorriones y luego se convertían en piel de animal. En ese momento, la mujer y el hombre giraron al mismo tiempo la cabeza hacia la ventana por donde miraba David y sonrieron. Sintió miedo y vergüenza a la vez y cerró la cortina quedando por un momento asustado y tirado en un sillón.

– ¿Qué está sucediendo aquí? ¿Quiénes son esa gente? -Se preguntó intrigado. - Creo que me estoy traumatizando y viendo cosas que no son reales. ¿Me estaré volviendo loco?

A pesar del buen guiso que preparó, apenas sintió apetito y guardó algo de comida para el almuerzo del día siguiente. Aseguró la puerta de entrada y las ventanas y decidió tomar un baño tibio para suavizar sus músculos crispados por los sustos de todo el día. El vapor de agua llenó el cuarto de baño mientras se bañaba y al descorrer la cortina de la tina después de la ducha vio que, en el espejo, el cual ya le había quitado la tela negra, había un mensaje que fue escrito retirando la humedad. Se asombró porque estaba seguro que no había sido él y se acercó a leer. Era un mensaje en inglés que decía: *"feathers fear fur"* y recordó la visión que tuvo horas antes de la pareja en el lindero del bosque. Se apresuró a limpiar el espejo con la toalla y quedó por un momento mirando fijamente su propia imagen. Apartó la mirada y al moverse hacia un lado, le pareció que su imagen quedó quieta y en un segundo volvió a mirarse, pero ahí estaba él. Despacio alzó su mano derecha y su imagen hizo lo mismo, movió la cabeza un poco hacia la derecha sin dejar de mirar su imagen, y todo fue normal. Al mover la cabeza hacia la izquierda, su imagen retorció el cuello completamente hacia atrás haciendo el crujido de un hueso cuando se rompe.

Espantado cayó al suelo gritando.

–¡Ahhh!

Rápido se incorporó y salió desnudo del baño apenas sin secarse. Corrió al cuarto, se vistió con la ropa que encontró y estaba dispuesto a salir huyendo y no regresar jamás, pero un impulso de valentía lo detuvo a unos pasos de la puerta.

– No. No puedo huir de esa manera. -Dijo en voz alta y reflexionó a saber por la distancia en que se encontraba de su casa y de la comunidad más cercana, además de las condiciones del tiempo en esa noche que con toda seguridad sería fatal ante la amenaza de lobos que eran más reales que la imagen distorsionada en un espejo la que podía enfrentar con un poco de coraje.

Regresó calmado al cuarto alto, se puso un pijama y se fue a la cocina a prepararse un té y después a la

Los dos se mostraron muy interesados y Stephanie dijo:

– ¿Qué frese es, David?

– La frase dice: *"Feathers fear fur"*

– ¿Las plumas le temen a la piel? -Preguntó extrañado Miguel.

– No tengo idea qué es, amor. -respondió Stephanie- No creo que sea algo de mucha importancia, cariño. De todos modos, nosotros le vamos a preguntar a alguien que sepa. ¿Está bien?

– Bien. ¿Y cómo están Carla y la abuela?

– Tu hermana anda visitando una amiga del Colegio y tu abuela está pasándola bien sola.

– Ok, mamá. Mañana les hablo. *Bye*. Te amo.

Toda la humedad de la noche anterior pareció esfumarse con el fuego del sol que en pocos minutos alcanzaría el zenit. La profundidad del azul celeste era pareja y no se veía moteado en todo el horizonte. A sus pies, el verde se veía lejano y resaltaba el reflejo del cielo sobre las aguas tranquilas del Big Lake Pan. Curiosamente, era un lago solitario en esa época y sin pescadores o animales que bebieran de él. Aun así, un angosto camino bajaba desde los pies de David hasta su orilla. Un camino que con las lluvias ya empezaba a aparecer la yerba. Descendió hasta el margen del lago y con pasos lentos empezó a bordearlo mirándose de vez en cuando en el reflejo de las aguas oscuras. Al avanzar en su recorrido unos ochenta metros, de pronto emergió de las aguas, hasta unos centímetros por debajo de la superficie, el cuerpo de una mujer ahogada en posición boca arriba y los ojos abiertos. Estaba pálida, desnuda y sus brazos extendidos hacia los lados y el cabello negro ondeaba abierto tapándole parte de la frente. Sin embargo, no mostraba signos de hinchazón abdominal. David se asustó y miró a todos lados en busca de ayuda y se repetía muchas veces:

−¡Oh! ¿¡Qué es esto!? ¡Qué hago!

Detalló un poco más a la mujer y reconoció en ella a la del bosque cercano a la casa. No estaba seguro qué hacer pues evidentemente era ya cadáver y cualquier auxilio era inútil. De todos modos, pensó que una sepultura digna sería mejor que abandonarla en esas aguas y que tal vez su familia por fin la iba a encontrar. Se sacó los zapatos y los calcetines, se subió las piernas del pantalón y cuando entró en el agua helada y oscura hasta cubrir las rodillas, la mujer salió con fuerza tirándose sobre él y lanzando un alarido espantoso con la boca mucho más expandida que lo que un humano puede hacer. David fue expulsado desmayado hacia atrás contra la orilla dos metros fuera del agua y la mujer desapareció.

Al cabo de diez minutos recobró el conocimiento y estaba tembloroso. Se sentó en el lodo, arqueó su cuerpo y vomitó. Ya no vio a la mujer en el agua y se apresuró a subir a la carretera cercana y regresar a casa. Sus oídos aún le zumbaban a causa del terrible grito de la mujer. Al llegar cerró la puerta tras de sí, la aseguró (como si realmente valiera la pena) y decidió escribir todo lo que había experimentado desde el primer día que se quedó sólo. Las horas se deslizaron y al darse cuenta, eran pasadas las diez de la noche. Se levantó del asiento y fue a la cocina a prepararse un plato de sopa para luego terminar las últimas horas de su diario antes de tomar un baño e ir a la cama.

POSSESSUS PRIMUM

Desde lo corpóreo, la naturaleza humana no alcanza a ver lo incorpóreo de la sustancia divina. O sea, ver a Dios mismo. Sólo con ojos glorificados después del tiempo de la resurrección, seremos capaces de contemplar la esencia divina en todo su esplendor y eternamente. Es en este mundo donde la virtud infusa de la fe nos hace conocer la presencia divina mediante el entendimiento, usando la perspicacia del razonamiento y el resplandor del Espíritu Santo. Sin embargo, las creaturas incorpóreas degradadas por voluntad propia a la oscuridad eterna de su existencia a saber, los ángeles caídos por su desobediencia, absorben lo corpóreo de la creación humana por ser esta inferior en fuerza, mas no en bondad. Por impedimento natural de no entrar en la dimensión de claridad divina, se aferran a un ciclo regresivo hacia lo terrenal ganando para su causa la imagen de cuerpos decesos para visualizarse o las almas de poco influjo espiritual mediante la persuasión y el ofrecimiento a

líneas cruzadas de la figura, sobresalían símbolos de un lenguaje desconocido para él y en el centro, una imagen de animal con cuernos que también llamó su atención. A la derecha de la figura, en la página siguiente, aparecían más símbolos y algunas palabras que no se correspondían con ningún idioma conocido en el mundo moderno. La frase se veía en un tamaño más grande justificada en la parte superior de la hoja y debajo llenaba todo el papel un dibujo horrendo de un cuadrúpedo, más bien parecido a un cordero, con rostro humano y dos pares de cuernos; dos mirando hacia abajo y dos hacia arriba. Los ojos de la bestia eran rojos y parecían despedir fuego, capaz de hipnotizar a todo mortal que los mirara.

—Primeramente, -empieza a hablar el muchacho- Sí, es cierto que quiero desarrollar la habilidad para escribir, pero tengo cierta dificultad en las descripciones. Y en segundo lugar le aclaro que me crie en una familia católica y aunque yo no lo sea mucho, al menos no pienso unirme a ninguna otra religión, si es lo que pretende.

Asag se paseó un poco delante de los estantes de libros, se acercó al escritorio y dijo:

—cristianos, judíos, musulmanes. Son solo religiones basadas en una fe de algo que nunca verán ante sus ojos. Yo no te pido una fe porque me estás viendo delante de ti. Te ofrezco hechos reales. Tan visibles como tu propia carne. Te ofrezco, amigo David, la habilidad de la escritura para que triunfes por encima de todos los humanos. Y solo te pido, mi queridísimo David, fidelidad a mí.

—Pero, ¿fidelidad por qué? ¿Tengo que hacerle daño a alguien? ¿Me vas a hacer daño a mí? ¿Tengo acaso que huir y alejarme de mi familia si te obedezco?

—No.

Aunque el simple "No" no se oyó convincente, se aventuró a tomar el riesgo no sin antes hacerle un par de preguntas más mientras caminaban juntos hacia el espacio delante de los libreros:

—Y dígame señor Asag. ¿estaba usted parado a la orilla del bosque la noche que llegamos mi familia y yo aquí? ¿O era usted el que estaba la otra noche allá afuera con una mujer cerca de mi casa haciendo cosas íntimas?

—Yo puedo estar en cualquier parte. Solo es cuestión de que tú me necesites.

—Eso no responde a mi pregunta, señor.

Dijo David algo molesto porque el hombre no era directo en las respuestas y porque por mucho que David metía sus ojos por entre la capucha, no lograba ver totalmente su rostro.

—¿Hacemos el rito de iniciación o no?

—No. No lo creo. Usted no me ofrece confianza alguna. Su aspecto, sus esquivas a mis preguntas…es más, le digo. A mí me gustan las cosas bien claras y directas.

Asag agarró con fuerza a David por la muñeca, se le acercó lo más que pudo a su oído y le murmuró con una voz que parecía venir del fondo de la tierra misma.

—¡Ven conmigo! Te voy a convertir en un gran escritor. De prisa, hagámoslo ya.

Impresionado el joven por la imposición, accedió a caminar con Asag.

–Muy bien. Vamos a intentarlo, considerando que usted fue amigo de mi abuelo.

El miedo empezó a apoderarse de David. Asag retiró una alfombra vieja que cubría un rectángulo en el piso frente a los libreros y se pudo ver con claridad tallado sobre la madera, un pentáculo dentro de un círculo con todos sus trazos interiores visibles y una cruz invertida en el centro. El iniciado quedó sin habla al darse cuenta que ya este hombre había estado antes allí. Asag metió las manos en los bolsillos y sacó cinco trozos de cirios que colocó en cada punta de la estrella y en el centro, el libro abierto en la página de un conjuro. En el borde superior del mismo, puso un pedazo de tela roja triangular y encima de la tela una copa llena de sangre. Parado frente al muchacho, lo conminó a caminar lentamente alrededor de los cirios con los brazos levantados en ángulo recto haciendo con las manos una señal con los dedos levantados excepto los dedos pulgares y anulares los cuales los tenía recogidos. Asag levantó los brazos hasta cerca de la mandíbula y con las manos apenas abiertas, inclinó la cabeza hacia atrás, puso los ojos totalmente en blanco y empezó a murmurar una especie de rezo en sonidos tales como:

–ramarca bejime uto sssssaid. ¡Límine!, ¡límine!, ¡límine!

Intercaló también algunas palabras en latín y otras en español perfectamente entendibles para David.

–Imperium. Quiero que entregues toda tu mente y tu corazón a mí incondicionalmente y déjame guiar tu mano con la fuerza de mi inteligencia que anidará en tu corazón y tu inteligencia. No te detengas ante tabúes morales que entorpecen la desnudez de tus instintos. La inteligencia, David, la inteligencia es lo que te hace superior a los seres mediocres que por añadidura nacieron para servirnos.

Soltó con fuerza el aliento y empezó a arrastrarse como serpiente siguiéndole los pasos a David quien parecía hipnotizado. De pronto Asag dio un salto y cayó apoyando las plantas de los pies en el suelo, la punta de los dedos de las manos apoyadas delante como cuadrúpedo y los codos abierto hacia afuera cual si fuera una fiera antes de atacar. Con la capucha recogida hacia atrás y la cabeza afuera, abría la boca de cuando en cuando y sacaba la lengua tan larga como unos diez o doce centímetros. La movía de un lado a otro salpicando con saliva espumosa todo el piso y el torso se agitaba violentamente haciendo eses. David se detuvo y de súbito se precipitó al suelo con el cuerpo doblado sobre la espalda formando un puente. Solo apoyado en las manos y los pies descalzos. La cabeza la metió hacia adentro y los ojos estaban en blanco. Permaneció inmóvil cinco minutos. Luego el cuerpo se ladeó y se desplomó desmayado sobre el pentáculo muy cerca de la copa. Asag agarró con fuerza el brazo de David y lo haló hacia sí, lo retuvo, sacó una cuchilla y puso el filo cerca de la muñeca en la parte de adentro del brazo. Pasó con rapidez la cuchilla por el brazo y enseguida salió un hilo de sangre.

–¡No te toques el brazo! -le dijo a David que acababa de despertar- Deja que la sangre fluya y caiga dentro de la sangre en la copa. Así es el pacto.

David observó, aun mareado cómo el hombre, que ya tenía la cabeza cubierta con la capucha, se bebía la sangre sin dejar una gota y dijo:

– Asag. Que nombre tan raro tienes. Nunca lo había escuchado.

Finalmente se quedó dormido. Después de unas horas, se levantó adolorido, se puso los zapatos y se dirigió a la cocina por un vaso de agua. Pensó en ofrecerle un poco de café a Asag y al volver la mirada, éste había desaparecido sin dejar rastro dejando encendidas las velas. Regresó a la sala de prisa, miró por todas partes buscándolo, abrió la puerta, salió al jardín, pero ni rastro de Asag. Se había esfumado. Regresó adentro y le dedicó tiempo a atenderse la herida con un vendaje.

Al atardecer del día siguiente, de inmediato David se dispuso a conformar la estructura de su libro: elegir el tema, los personajes, la época, la bibliografía a consultar y una sencilla introducción. Tenía a la mano una computadora *laptop* sin servicio de internet por lo que se le hacía difícil la investigación en las redes. Sin embargo, la riqueza literaria a su disposición en los estantes era sumamente envidiable y le servía de fuente del conocimiento para muchos temas. Tomó la extraña decisión en la época actual, de escribirlo todo a mano y con lápiz. Todas las ideas le fluían simultáneamente y de vez en cuando se detenía para tomar un sorbo de café y volvía a concentrarse en su trabajo. Tres golpes en la puerta lo sacaron de sus pensamientos y al momento dejó de escribir. Se levantó del asiento, se encaminó hacia la puerta, vaciló un tanto y finalmente abrió. De nuevo apareció Asag y llevaba la misma vestimenta a pesar del calor que ya se empezaba a sentir. Sin hacer preguntas lo invitó a pasar. El hombre entró, se acercó al escritorio pasando la vista sobre las líneas escritas por David y se dirigió a un asiento en la esquina de la sala.

–Cuando estés listo para describir un personaje, me avisas y te ayudo.

–Muy bien, Asag.

La noche llegó y por fin David, después de algunas horas de incansable escritura y con los dedos entumidos, decidió hacer su primera descripción.

–Quiero que me ayudes a describir una mujer anciana.

–¿Puedo ver lo que has hecho?

–Claro.

David le mostró la libreta y Asag le pasó la vista. Le regresó el trabajo y sacó de su bolsillo una tirilla de un material parecido al papel. La puso sobre el escritorio y le preguntó al muchacho:

—Dime qué ves.

La tirilla tenía un dibujo tan perfecto de unos ojos como si hubiera sido hecho por uno de los grandes maestros en la historia de las artes plásticas. Eran solo los ojos por lo que era imposible el reconocimiento facial de alguna persona es específico.

—Son solo dos ojos pintados sobre algo que parece papel. ¿Me puedes decir qué es?

—Obsérvalos bien. El tamaño, la forma, el color y lo más importante, la expresión que ves en ellos. Todo eso lo escribes. No dejes de detallar. El material en sí es vitela, o sea, piel de animal preparada para escribir sobre ella.

David observó por un instante, mientras en su mente se llevaba a cabo la traducción de la imagen en palabras organizadas y listas para transcribirlas a la libreta de notas. Tomó el lápiz, lo acercó al papel y empezó a dictarse a sí mismo al tiempo que dejaba correr el lápiz sobre el papel.

—Ojos de color azul opaco sin el brillo de la lejana juventud. Párpados con piel suave y laxa que caen ligeramente sobre las pestañas. Rabillos externos un tanto arqueados hacia abajo que reflejan mucha tristeza o quizá candidez. Las cejas finas pero descuidadas y blanqueadas por los años y la mirada perdida en un pasado de añoranzas o quizá, pudiera asegurarse, en las interrogantes de la vida después de la muerte.

POSSESSUS SECUNDO

Lejos de allí a ciento cincuenta millas al oeste en la ciudad de Scottsdale, la viuda del señor Reynolds amontonaba en el ático viejos documentos recogidos del escritorio de su difunto esposo en una caja, para guardarlos en un espacio dedicado a los papeles históricos de la familia. Una lámpara de mesa colocada a propósito cerca de su cara era la única iluminación para organizar las cosas y a su izquierda se encontraban las cajas de los adornos navideños que se usaron en la última Navidad y que siempre se dejaban algunos para el siguiente año. En el espacio en penumbras que le seguía a continuación y que limitaba con la pared cerca de la ventana por la que apenas entraba el brillo de la luna, Laura escucho un ruido de arrastre que se mezcló de pronto con el ajetreo que ella hacía de los papeles que guardaba. Quedó quieta un instante agudizando el oído para ubicar de dónde provenía el ruido, pero no se volvió a escuchar. Pasaron unos largos segundos y en medio de esa quietud, se oía solo la respiración agitada de ella. Poco a poco reanudó el trabajo y fue entonces que el ruido se hizo más fuerte otra vez y al girar la cabeza bruscamente hacia la izquierda vio, con poca iluminación, unas piernas desnudas de mujer la que estaba siendo arrastrada al agujero que había entre la pared y los trastes. De un sobresalto cayó unos pies hacia la derecha pegando un grito y aún tendida en el suelo se arrastró con los codos lo más rápido que pudo hasta alcanzar la escalera. Bajó dando traspiés y al llegar a la segunda planta, corrió con dificultad hasta la escalera que conducía al primer piso y agarró el teléfono con manos temblorosas. El corazón retumbaba en su pecho y su rostro palideció en un instante. Se dejó caer sobre un sillón con la mirada fija en la escalera y el auricular pegado a la oreja en espera de la comunicación.

– Rod! ¿Eres tú?

–Sí mamá, soy yo. ¿Qué sucede?

–Necesito que vengas enseguida. Me siento muy mal.

–Ya voy. Solo me tomará unos minutos llegar allá. Quédate quieta y no camines, te puede hacer daño.

Laura tomo una servilleta a su alcance, limpió un poco el sudor de su frente y luego con cuidado, las laceraciones que se hizo en las rodillas y los codos cuando se arrastró hasta la escalera en la huida. El dolor la hizo llorar con quejidos que trató de acallar con su mano. Pasó unos veinte minutos asustada sin saber qué hacer. De momento, una frialdad extraña rodeó su cuerpo acompañada de un escalofrío por detrás de las orejas y un fuerte olor rancio que la obligó a inclinar el cuerpo para vomitar. Por fortuna, la puerta de la calle se abrió violentamente y su hijo apareció en medio de la sala llamando:

–¿Mamá? ¿Dónde estás?

El regurgitar de Laura lo llevó a la cocina en un segundo. Tomó a su madre por las axilas y la levantó. El vómito era de olor fuerte como el ácido y de color ámbar y muy efervescente. Era una cantidad tan exuberante que bañaba casi la mitad del piso de la cocina. Pasmado por lo que acababa de ver, Rod la llevó al baño a lavarse.

–Necesitamos un doctor ahora. -exclamó.

–No es necesario, hijo. Ya me siento mejor.

–Entonces, ¿por qué tiemblas? ¿Y esa sangre en las piernas? ¿Te caíste?

–Si. Me caí.

–¿Y por qué ese vómito tan feo? ¿Qué comiste?

–No sé. Algo me cayó mal en el estómago.

–De todos modos, voy a llamar a Sean y creo que Carla vendrá en la mañana a verte como siempre lo hace. ¿Verdad?

—No llames a Sean, él vendrá en la mañana. Creo que me mareé un poco porque apenas comí y no almorcé nada. -Laura miró a los ojos de Rod y casi le imploró- Quiero que te quedes un poco más aquí, además quiero que, por favor, subas al ático y revises bien todo. También me asusté con una rata que me pareció ver entre las cajas. Tal vez por eso vomité. Toma esto, anda.

La mujer agarró una barra pequeña de hierro de asegurar la puerta del fondo y se la ofreció como arma.

Rod dejó ver una sonrisa burlona en los labios al tiempo que dijo.

—¿En verdad crees que voy a necesitar eso para enfrentarme a un roedor?

—Sí por favor, tómalo. Pueden ser varias de esas malditas y así tendrás cómo eliminarlas.

La sugerencia ya parecía imposición y aceptó el hierro. Unos minutos más tarde, un golpe fuerte se escuchó en el piso del ático y al rato apareció

Rod con una enorme rata muerta colgando de su mano por la cola y en la otra el pedazo de hierro ensangrentado. No hubo expresión de satisfacción en el rostro de la mujer que no dejaba de pensar que el motivo de su escape del ático no fue precisamente un roedor. No obstante, él decidió quedarse toda la noche para acompañarla. Estaba un poco asustado, aunque había desistido de la idea de llevarla a una clínica de emergencia.

De vuelta al escritorio en penumbra allá en *La Cueva*, David balbuceaba palabras muy diferentes a las que sus dedos escribían. El sudor de la calurosa noche le bañaba el rostro y los ojos muy abiertos no parecían ver nada, sólo mostraban venas enrojecidas como surcos de lava encendida sobre la tierra. La voz que salía de su garganta era extraña y múltiple. Eran varias personas hablando al mismo tiempo. El texto sobre el papel no tenía ningún sentido, pero a la vez, símbolos y grupos de letras en un mismo orden se repetían con frecuencia lo que hubiera sido imposible que alguien en condiciones normales tratara de hacer lo mismo. Con locuacidad, diríase que involuntaria, hablaba incoherencias en voz baja audible solo para los oídos de él y de Asag.

–Lobo que rondas mi espíritu, traga mi sangre. Búscame amo los sesos dulces. A mordiscos los comeré sin tocarlo con mis uñas. Tirado en el suelo como tú, gemiré de odio y ansiaré lamer la sangre de la cruz.

Muy próximo al escritorio, Asag mostró una sonrisa de satisfacción y reconoció que una brecha se abría para su obra. Sacó lentamente de su bolsillo otra tirilla de vitela, esta vez el dibujo era una nariz de anciana y la colocó delante de David y le dijo:

–¡Describe!

David obedeció la orden casi por instinto y empezó a escribir y a describir en voz baja sin quitarle la vista a la imagen y su línea de escritura se mantenía perfecta y sin errores.

–Nariz alargada y fina sin caída y de hoyos grandes. Zanjas profundas debajo de los pómulos y ligeras arrugas que surcan la piel. Muestra risible del tiempo encerrado en la esfera del creador imperfecto. ¡Sí! ¡Imperfecto y bien! ¿Cómo se puede entender un bien objeto del apetito intelectivo, el cual se dice que es más universal que el sensitivo, si el sujeto limita su existencia dentro de algo llamado "tiempo"? ¿No es el bien universal o particular lo que ese ser revestido de esa nariz corroída por el tiempo está llamado a conquistar, solo accidentalmente y de modo particular? El bien, o tal vez llámese mal verdadero llamado a conquistar, es movido por el interés personal como causal aun cuando a otros les resulte dañino o maldito efectivamente. Pero esos, esos no son más que débiles espíritus buscando luces fatuas en detrimento de cuerpos sedientos del poder infinito de la oscuridad.

Asag, quien se encontraba en la sombra escuchando atentamente, irrumpió en aplausos eufórico por la victoria de ganar el alma del joven escritor. Muy lejos estaba de ofrecer una sana tutoría que ayudara al crecimiento profesional de David. La apariencia era bien engañosa al considerar que lo usaba como medio para transmitir la terrible posesión sobre otras personas allegadas a la familia. Se había propuesto como fin acabar con los miembros de la familia a como diera lugar y para ello se regocijaba en jugar con los seres inferiores, moviéndolos como piezas de ajedrez desde su oscura dimensión. Coger un dibujo del rostro de una persona y cortarlo en partes dividiendo ojos, nariz, boca y luego mostrárselo a su familiar o a otro conocido de manera esporádica, se hace difícil que suceda una identificación inmediata, aún más en circunstancias de un embrujo diabólico y la predisposición de una descripción literaria y no la de una identificación de persona. En este caso la concentración se hace precisa en los detalles y la mente se distrae en la traducción de imágenes pictóricas al lenguaje literario.

A medida que David describía los recortes de papel vitela que Asag le mostraba, el ritual previo creó un vínculo satánico entre las líneas que él escribía y la intensión o posesión de Asag sobre las personas descritas, aunque estas estuvieran lejos de su alcance. Por cada sector del rostro descrito, penetraba aún más la maldad en el alma de la persona escogida, la cual sería irreversible y sin lugar a exorcismo cuando la absorción del alma y el dominio del cuerpo se hiciera total y definitiva.

Asag deslizó sobre el escritorio el último recorte tratándose de unos labios. La tez que rodeaba la boca fue eliminada casi totalmente con la intención de enfocar la descripción solo en los labios y evitar, intencionalmente, la identificación.

–Labios muy finos y alargados de color rosa muy débil y rodeados de arrugas en la parte superior y algunas también en los extremos del labio inferior. -y siguió David- ¿Quiso el creador con su sabiduría, que un ser de su creación se convirtiera en algo tan horripilante al paso de los años que para él son infinitésimos de un segundo? Entonces en ti no hay belleza, ni sabiduría ni mucho menos perfección.

Rod cayó en la cama rendido por el cansancio y en el cuarto contiguo Laura, al parecer dormida, se retorcía entre las sábanas como una serpiente. Abría la boca enorme, sacaba la lengua y la movía con ligereza de un lado a otro expulsando aliento con un ruido escalofriante e imposible de reproducir por una persona normal. De repente su cuerpo se arqueó sobre la espalda de una forma tan elevada que las vértebras casi se parten. El estómago hacia arriba y la cabeza colgando rozando la sábana, los brazos extendidos hacia abajo y solo se apoyaba en la punta de los dedos de las manos y de los pies. Lentamente y al cabo de unos minutos, empezó a levitar y enderezó su cuerpo en el aire en posición erecta como si estuviera colgada por los hombros. Los pies tocaron el suelo suavemente hasta quedar parada. Con un movimiento brusco levantó la cabeza mostrando la boca abierta cubierta de una sustancia muy negra y viscosa y los ojos totalmente en blanco llenos de venas. Caminó hasta la escalera, bajó a la cocina sin hacer el más mínimo ruido, abrió la gaveta de los cubiertos, agarró un tenedor y subió de nuevo y se dirigió al cuarto donde dormía su hijo Rod.

No solo el placer del pecado nos hace caer bajo el dominio de Simia Dei. Casi todos, o diríase que todos, los pecados son perdonables si retomamos el camino del bien que accidentalmente abandonamos llevados por la ligereza de nuestra inclinación al pecado apetecible. La fe puede ser pequeña, pero se requiere que sea firme como roca para evitar el mal que esencialmente no existe sino como privación del bien. Los Reynolds eran personas de bien, pero su fe había caído en estado de decepción pues consideraban que, por tanta maldad en el mundo, ya Dios no tenía el poder absoluto o que la oscuridad era en gran medida superior a la luz.

La posesión diabólica infunde de manera sorprendente ciertas facultades físicas y mentales a los posesos y Laura no fue la excepción. Con un salto felino desde la entrada del cuarto donde dormía Rod, cayó a horcajadas sobre la espalda de su hijo. Él pegó un grito y cuando trató de levantarse, ella, haciendo uso de la facultad de sansonismo, lo agarró por el pelo, le echó la cabeza hacia atrás y con fuerza le clavó el tenedor en la arteria carótida. Sacó y clavó el tenedor repetidas veces en el mismo lugar mientras Rod convulsionaba en sus estertores, ahogando el grito con la sangre que le salía por la boca y la nariz y esparciéndola también por la herida en todas direcciones. El rostro y el pelo de Laura y su vestido blanco de dormir estaban bañados en sangre. Por la abertura de la herida del cuello de Rod podía verse la punta de la arteria rasgada además de tendones y carne. Finalmente, el cuerpo de Rod quedó inmóvil. Entonces, el ser en quien se había convertido la amorosa Laura, arrastró el cadáver con fuerza fuera del cuarto escalera abajo y lo llevó hasta la cocina dejando un rastro de sangre en toda la casa.

Mientras tenía lugar el terrible asesinato en casa de Laura, la casa de Stephanie permanecía a oscuras en medio de la madrugada, pero en su interior,

Stephanie estaba sentada en el comedor y de vez en cuando daba un sorbo de vino que se había servido minutos antes. Por el pasillo que lleva al comedor, Miguel se acercó sin hacer ruido, intrigado por el desvelo de su esposa.

—¿Qué haces despierta a estas horas? ¿Sucede algo?

Stephanie se asustó un poco y le respondió:

—Ese es mi presentimiento, Miguel. No sé, pero… creo que algo malo va a suceder o ha sucedido. Ayer llamé a David y no responde. Me siento nerviosa, intranquila.

Miguel se le acercó para acariciarla un poco y le aconsejó:

—¿Por qué no te tomas un calmante y te acuestas otra vez? Será peor si durante el día te rindes de sueño.

—Sí. Solo que ya amanece.

Carla y Miguel desayunaron solos al amanecer y dejaron que Stephanie descansara. En unos minutos

Carla se puso en marcha hacia la casa de su abuela como hacía habitualmente. Sean, el mayor de los hermanos del matrimonio Reynolds, decidió pasar por casa de su madre antes de ir a ocuparse de los negocios de la familia, pues la preocupación de la llamada de Rod la noche anterior acerca de la caída de su madre a pesar de la negativa de ella, le rondaba la cabeza. Aunque al no recibir más noticias de su hermano, pensó que no había escalado a un problema mayor.

Justo en la entrada de la casa de Laura coincidieron Carla y Sean y ella se alegró de ver de nuevo a su tío.

—¿Cómo estás tío?

—Muy bien, cariño. Tú siempre recordándome a tu mamá porque tienes el mismo timbre de voz que ella. ¿Cómo están ellos y tu hermano?

—Mami un poco triste porque David se fue a vivir un tiempo sólo a la cabaña que le dejó abuelo y yo también lo extraño.

—Sí. Ya puedo imaginarme. Ustedes siempre han estado juntos y ahora separarse, pues… ¿Vas a entrar?

–Sí, vamos. Quiero ver a la abuela.

Los dos pasaron el portón, caminaron por el jardín rodeando la fuente y llegaron a la puerta. Sean hizo intento de tocar el timbre, pero cambió de idea y agarró el picaporte para entrar sin llamar. La puerta se abrió y quedaron extrañados ya que Laura nunca dejaba de asegurar la puerta después de la muerte de su esposo. Entraron, se detuvieron unos segundos en la sala pasmados por el rastro de sangre en la escalera. Carla ahogó un quejido de espanto con sus manos y al momento escucharon un ruido que venía de la cocina como cuando un animal está comiendo. Los dos se apresuraron, pero Sean iba delante. Al entrar en la cocina, encontró el cuerpo de Rod tendido en el suelo con la cabeza recostada sobre las piernas de Laura que estaba sentada de espalda a la entrada de la cocina con las piernas cruzadas a un lado del cuerpo. Sean se dio vuelta y le dijo a Carla que se quedara en la sala porque algo había sucedido y que no debía mirar. Ella se alejó y él caminó unos pasos hasta su madre que, sin voltear la mirada, seguía llevándose la mano a la boca y haciendo ese ruido tan repugnante. Sean aún no alcanzaba a ver lo que comía hasta que, al llegar a su lado, observó cómo ella metía el tenedor ensangrentado dentro del alvéolo del ojo del cadáver y sacaba pedazos de seso y se los comía como si se tratara de un apetitoso desayuno. Sean cayó hacia atrás horrorizado y casi al desmayarse. Su fuerza por impedir que su sobrina fuera testigo presencial de tan horrendo asesinato lo hizo ponerse otra vez de pie. Sin habla y tambaleándose, corrió a la sala y empujó a Carla hacia la puerta de la calle.

—¡Huye! ¡Corre y avísale a la policía!

—¡¿Qué pasa tío?! ¿Mi abuela murió?

—¡Corre! ¡Vete!

Carla abandonó la casa mientras Sean cerró la puerta y el miedo le impedía regresar a la cocina. Por una extraña razón no reflexionó que Laura era una mujer anciana y débil y que él, más joven y corpulento, podía manejar la situación aun cuando se tratara de un ataque de locura espontaneo y violento. Empezaba a sospechar que algo fuera de la ciencia de este mundo acababa de suceder involucrando a su propia madre y a su hermano.

Ya en la calle, Carla cogió el celular y de inmediato se comunicó con la policía. No quiso llamar a su madre por lo que prefirió hablarle de frente. Tampoco se atrevió a quedarse cerca porque el miedo se apoderó de su cuerpo y solo el instinto de huir de la escena la llevó a agarrar el autobús de regreso que estaba a punto de partir.

Sean quedó unos minutos pegado a la puerta sin saber qué hacer. Entonces decidió enfrentar la situación y regresar a la cocina. Antes de que su cuerpo le respondiera para moverse, escuchó un llanto muy suave de un niño o niña desde la cocina. Estaba aterrado porque no tenía idea de que hubiera un menor dentro de la casa. Caminó lentamente y en cada paso las piernas le temblaban. Entró a la cocina otra vez y contra la pared estaba Laura sentada en el piso. Las piernas recogidas, los brazos ensangrentados alrededor de las rodillas y la cabeza metida entre los brazos y gemía. Gemía como una niña abandonada a su suerte por su madre. A Sean se le anudó la garganta y siguió avanzando hasta ponerse al lado de ella. Se agachó para hablarle de cerca y le puso la mano sobre el hombro.

–¿Mamá?

Al instante, los gemidos se transformaron en gruñidos de ataque muy fuerte y Laura agarró con fuerza el brazo de Sean pegándole una mordida en la parte interior cerca de la muñeca que le hizo brotar la sangre. Todo lo que podía escucharse desde afuera de la casa eran los gritos aterradores de Sean mezclados con los gruñidos de un enorme perro que no era otra cosa que su propia madre, prendida del brazo del hombre y llenándose aún más de sangre toda la cara y la ropa de dormir. Los gruñidos salían de todas partes alrededor de Sean y sin poder deshacerse de la mordida de Laura, sentía los colmillos de muchos perros en varias partes de su cuerpo. Halaba a su madre por el pelo canoso manchado de sangre que caía suelto sobre sus hombros para quitársela de encima mientras pateaba al vacío para ahuyentar los perros que sentía a su alrededor. Dos oficiales de policía que recién llegaron, sacaron sus armas y como rayos entraron en la casa. Al ver la escena, uno de ellos guardó su arma y corrió a sujetar a la anciana y librar a la víctima del ataque atroz. Trató de inmovilizar a la mujer agarrándola por la cintura, pero ella se dio vuelta y clavó el tenedor en la cara del oficial con tanta fuerza que clavó también su lengua. El hombre cayó al suelo gritando desesperado por el dolor y en eso se oyó un disparo. Las víctimas heridas quedaron en el suelo retorcidas de dolor y el segundo oficial mantenía su arma apuntando a Laura quien permanecía inerte en el suelo rodeada por un charco de sangre, muy cerca del cuerpo de Rod.

Por suerte los padres de Carla estaban todavía en casa intentando hacer comunicación con David, cuando la puerta se abrió de golpe y entró la joven jadeando por la carrera. Estaba pálida y con los labios temblorosos. Parecía que había encontrado la puerta de salida del infierno. Se detuvo delante de sus padres, los miró fijamente, pero la voz no le salía.

–¡¿Qué pasa hija?! -preguntó azorada Stephanie- ¡Habla!

La muchacha rompió a llorar y Miguel se apresuró a abrazarla.

–Hubo una tragedia en casa de la abuela, mamá -entre lágrimas trató de explicar lo poco que pudo ver. – Había un hombre tendido en la cocina, creo que era tío Rod. También había sangre, mucha sangre. Creo que abuela estaba allí, pero tío Sean no me dejó ver más y gritando me dijo que me fuera. ¡Vayan, por el amor de Dios!

—¡Tú te me quedas aquí! -le ordenó Miguel a su hija muy alterado- Te encierras en tu cuarto hasta que volvamos. ¿Está claro?

Stephanie y Miguel corrieron al garaje, se montaron en el carro de Miguel y en segundos ya estaban en camino.

En Scottsdale, la escena era de película. Al llegar a la esquina de la casa se encontraron con varias patrullas con las luces de emergencia encendidas, ambulancias, bomberos y muchos curiosos además de alguna prensa que al momento se enteró de lo sucedido. Salieron del carro y corrieron hacia la casa, pero dos oficiales los detuvieron. Ellos enseguida se identificaron y en eso se acercaron un hombre y una mujer de civil, al parecer investigadores.

—¿Stephanie Duarte?

—Sí, agente. Soy yo. Dígame que ha pasado, por favor.

Después de unos segundos en silencio, la investigadora empezó a hablar.

—Soy la detective Jane y él es mi colega el detective Arthur. Señora, al llegar encontramos dos personas heridas y dos muertas. -Stephanie retuvo el aliento y se llevó las manos a la boca mientras la mujer continuó. -Los heridos son el hermano de usted el señor Sean Reynolds y un agente del orden quien fue atacado.

—¿Y los muertos? -preguntó Miguel- Los fallecidos son el señor Rod Reynolds y su madre la señora Laura Reynolds.

Al escuchar eso, Stephanie se desplomó desmayada.

Mientras estaba siendo atendida por los paramédicos en la escena, la investigadora explicó algunos detalles de los hechos a Miguel quien permanecía cerca de la camilla donde su esposa yacía inconsciente.

—Ha sido un homicidio muy extraño. Nunca había visto nada igual. Agentes del orden y técnicos de evidencias, no pudieron evitar vomitar al llegar a la escena del crimen. Es horripilante. Encontramos restos de la masa encefálica de Rod regados por el piso. Al parecer extraída a través del agujero del ojo, pero no encontramos su ojo. Su arteria carótida estaba visiblemente rasgada, al parecer con un tenedor y había mucha sangre. Lo que más me llamó la atención, señor Duarte, es que a Sean lo tuvieron que atender de una fuerte mordida en su brazo que casi le troza la vena además de otras mordidas de menor daño. Eran mordidas de perro, pero según el reporte de los oficiales que acudieron al llamado de emergencia, era la propia Laura quien estaba prendida del brazo de Sean. No había ningún perro en la casa. Encontramos un tenedor ensangrentado que pudiera ser el arma con que se extrajo el ojo de la víctima, pero aun no podemos determinar quién cometió el asesinato.

–¿Y dice usted que eran varias mordidas?

–El reporte indica que solo ella estaba atacando a Sean, pero este a la vez que se defendía, miraba a todos lados y pateaba al aire como si hubiera muchos perros alrededor. De hecho, su cuerpo muestra marcas de mordidas recientes muy fuertes, aunque no sangrantes y mentalmente está fuera de sí. Todo es muy confuso, pero la investigación continúa y a ustedes los mantendremos informados si algo nuevo sale a la luz.

—Muy bien, señorita detective. Muchas gracias.

Carla por su parte, ya había establecido comunicación con su hermano y le contó un poco acerca de la tragedia. No quiso darle detalles hasta no encontrarse con él frente a frente y que fueran sus padres los que le explicaran todo lo sucedido. Al llegar sus padres a casa y ver a su madre destrozada de dolor, decidió de inmediato darles un poco de aliento con la nueva sobre su hermano.

—Mamá. Hace unos minutos hablé con mi hermano.

A Stephanie y Miguel les vino un poco de ánimo al cuerpo al escuchar la noticia y enseguida surgieron las interrogantes esperadas.

—Cuéntame que sucedió allá, mamá.

—Algo muy terrible, mi hija. Tu abuela y tu tío murieron de forma violenta y no sabemos todavía qué sucedió.

Stephanie no quiso darle detalles del horror.

—¿Qué dijo tu hermano, Carla? ¿Le contaste todo? -preguntó la madre preocupada.

—No, madre. Pero sí le dije que había sucedido una desgracia en casa de la abuela. Él me preguntó qué había pasado, que si la abuela había muerto y yo le respondí que mejor era que él viniera cuanto antes para que tú y papá le hablaran y no pudo seguir hablando porque lo oí llorar mucho, pero antes de colgar me dijo que vendría.

El servicio funerario para los fallecidos estuvo bastante concurrido por allegados de la familia y directivos de la compañía. En el cementerio, la llegada de David los unió en un abrazo de dolor familiar. Al final, algunos acompañaron a los familiares hasta la mansión mientras que Miguel y Stephanie se retrasaron unos pasos para hablar con su hijo.

—Cuéntame hijo. ¿Qué te está pasando? -preguntó primero Miguel- Te veo muy pálido y parece que no te aseas muy bien. También has bajado de peso.

Entiendo tu tristeza por las circunstancias, pero advierto que tienes una mirada muy rara, un poco agresiva…no sé.

–Allá todo anda bien, papá. La escritura me absorbe mucho tiempo y apenas me da hambre. Quizá me echas de menos y es por eso que me ves raro. ¿Por qué ustedes no me cuentan todo lo que pasó? ¿Y por qué y cómo murieron los dos?

–No sabemos qué fue lo que llevó a tu tío a dormir en casa de tu abuela antenoche, lo cierto es que en la madrugada Laura, es suposición mía, pareció revestirse con el poder maligno o sabe Dios de qué y agredió a tu tío con un tenedor hasta matarlo. La investigación policial no ha terminado aún y no han dado su declaración oficial, pero a nosotros nos parece absurdo que haya sido así porque tu abuela no pudo haber enloquecido en un minuto para cometer tal asesinato. Además de dónde iba ella a sacar fuerzas para hacerlo si tú sabes lo débil que estaba ella por la edad y por el sufrimiento de la muerte de tu abuelo.

David escuchaba con atención, pero su mente estaba muy lejos a cientos de millas en medio del bosque imbuido por la magia perversa de Asag sin mostrarse sobrecogido. Stephanie le acarició la mejilla para llamar su atención y cuando él la miró a los ojos, ella le suplicó tiernamente.

–Por favor mi hijo. Todos queremos que regreses a casa y estés unos días descansando en casa hasta que te repongas y luego si quieres regresa y termina tus escritos.

–Yo les prometo que, en unos pocos días, cuando termine una parte importante de mi libro, regreso y me quedo con ustedes un buen tiempo. ¿Está bien?

Los padres aceptaron de forma agridulce, pues su propósito era retenerlo desde ese momento. Él y su madre se dirigieron a la casa de la difunta Laura con el resto de los familiares y amigos no sin antes David dejarles claro que, en la mañana a primera hora, regresaría a su casa.

Después de esto y antes de reunirse con todos, Miguel fue a la parroquia a tener una conversación con el padre Gutiérrez. Sentados los dos frente a la fuente de San Antonio Abad en el patio central de la parroquia, Miguel, entre lágrimas, le expuso al clérigo una honda preocupación.

–Padre. Algo raro está sucediendo en todo esto y no quisiera aventurarme a especulaciones porque parecería ridículo o fantasioso hablar de lo que da vueltas en mi cabeza.

–Sé lo que quieres decirme, pero no te preocupes por lo que pueda pensar yo. Recuerda que ese es mi campo y realmente considero el asunto muy serio como para verlo ridículo o fantasioso. Pero cuéntame cómo está David. Sabes que él me preocupa mucho.

–Sí, padre, lo sé. Él está muy raro, no atiende muy bien su aspecto personal y cuando uno le habla, apenas presta atención. Ha bajado de peso, en fin, su comportamiento es diferente al de antes. Ya Stephanie y yo le pedimos que se quedara unos días con nosotros, pero él se reúsa a hacerlo alegando que en unos días cuando termine un trabajo importante va a reunirse con nosotros. Y en cuanto a lo que sucedió, creo que en todo esto hay algo sobrenatural o espiritual o tal vez demoníaco…no sé. No se concibe que una anciana tan noble como la señora Laura, sea capaz de cometer un asesinato tan terrible. Aun cuando la investigación no haya dado sus últimos informes acerca del asesino, para mí, todo está más que claro que fue ella. Sin embargo, a Stephanie le hago creer que no confío en la declaración de la policía y que Laura no fue la que cometió los crímenes. Ahora, ¿De dónde Laura pudo sacar tanta fuerza como para hacer todo eso? Stephanie está devastada, Carla está muy traumatizada, y encima de todo, el hecho de que hasta el día de hoy no habíamos sabido nada de David.

Gutiérrez quedó un rato en silencio y luego dijo:

—Algunos teólogos aseguran que las fuerzas del mal poseen el cuerpo del poseso dominando su fuerza, sus músculos, sus ojos, su olfato y todo lo que se refiera al conocimiento sensitivo, pero que sin embargo no logra dominar la voluntad. A mi entender, y te hablo con toda propiedad por la experiencia vivida, es precisamente la voluntad su blanco principal.

Gutiérrez puso su mano sobre el hombro de Miguel, se levantaron del banco y se encaminaron hacia la oficina de la parroquia mientras seguía hablando y Miguel escuchaba con atención.

–Las partes componentes del alma humana hijo mío, son la voluntad y el entendimiento. El cuerpo es el instrumento del cual se sirve el demonio para ejecutar actos de maldad ya que su esencia, en un inicio creada, no permite que lo haga por sí mismo, o al menos eso creo. Una vez poseído el cuerpo, domina con facilidad la voluntad en la medida en que la víctima esté en mayor o menor grado ligada al amor de Dios. El amor de Nuestro Señor Jesús es recto y constante, y paralelo a este, el amor de los hombres a Él, puede ser variable e intermitente. De esta forma, se crean lagunas de filiación al desamor, las cuales son grietas por donde penetra la oscuridad. Eso explica por qué hay personas que durante toda su vida han estado del lado del bien, pero que, por no madurar en la fe, se convierten en presa fácil del demonio. No sé cómo te pudiera ser útil prácticamente porque ya veo que el mal está hecho. Y si tuviésemos la certeza de que habrá otro ataque o cuándo se va a producir, pues pudríamos ir preparándonos para prevenirlo, pero ni eso.

desnuda. Una sábana de tela muy fina la cubría desde el pecho hasta las rodillas y su largo pelo negro lo tenía mojado y abierto por encima de la cabeza hasta desbordar el colchón. Hacía constantes pujos y miraba a Alfred hasta que le dijo.

—¡Ayúdeme, por favor! Voy a dar a luz y estoy sola. ¡Apúrese! ¡Venga sáquelo! ¿Qué espera?

Él se dio cuenta por sobre la sábana que el vientre de la mujer estaba bien abultado y entró al baño a lavarse las manos para asumir algo que nunca antes había hecho en su vida.

—Vamos señora. Puje más fuerte. ¡Vamos! ¡Ahora! Ya viene. Ya está saliendo.

El dolor se agudizó y así los gritos. En eso, Alfred logró asir la cabeza de la criatura entre alegría y desesperación. Haló con cuidado, pero con firmeza para sacarlo y las manos le temblaban. Al momento de salir el bebé se escuchó el quejido suave de alivio de la madre, el grito de vida del bebé y un espantoso grito de Alfred cuando vio con la poca luz de la ventana, que la criatura era monstruosa.

Se trataba de un humano hasta el abdomen y el resto era un cordero y se movía con mucha vida. Soltó a la criatura sobre la cama y se alejó aterrado y boquiabierto. En eso la mujer empezó a reír a carcajadas, se levantó y la sangre ligada con líquido le corría a lo largo de las piernas, agarró a su bebé y se lo mostró al seminarista quien no salía del espanto. Él salió disparado escaleras abajo, pasó a través de los cirios encendidos del pentáculo, abrió la puerta y corrió hacia el carro. Arrancó a toda velocidad y sus manos apenas podían sostener el timón por el temblor que invadía todo su cuerpo. Con el sudor que le empapaba la frente y pálido como un cadáver, empezó a gemir y a llorar como un niño. Debido a sus pocos conocimientos acerca de lo espiritual y la débil fortaleza a pesar de su juventud, no podía entender lo que acababa de sucederle en la cabaña. Evidentemente estaba en un *shock* traumático severo que sólo con la ayuda de Dios pudo soportar hasta llegar al caserío más cercano después de conducir unas dos millas a través del tenebroso bosque. Casi impacta el vehículo contra la entrada de la casa que encontró en el camino. Intentó salir, pero las fuerzas le fallaron desmayándose por segunda vez y la cabeza golpeó el claxon del volante. Al sonido ininterrumpido de la bocina, los moradores de la casa, una pareja de ancianos, salieron a investigar qué pasaba. Sacaron al joven del vehículo, lo llevaron hasta la casa y a toda prisa llamaron a emergencia.

Ya estaba en las noticias de la noche en la televisión, el hallazgo del joven seminarista dentro de su vehículo en una zona rural y con severo traumatismo psicológico que lo mantenía sin habla y no podía responder a las preguntas de los investigadores. Carla corrió al cuarto de su madre a avisarle y les llamó la atención que el suceso fue a pocos kilómetros de la casa de David. Como Miguel les había comentado acerca de la decisión del padre Gutiérrez de mandar a Alfred a la cabaña a preparar la visita del sacerdote, les saltó la sospecha que ambos hechos estaban relacionados por lo que decidieron llamar a Miguel quien estaba de visita en la parroquia.

—Ya me parecía a mí muy extraño el hecho de que Alfred no hubiera aparecido a estas horas. -comentó alterado el sacerdote con Miguel- ahora mismo llamo a un policía hermano de esta comunidad, para que me diga en qué hospital lo tienen. Tú, hijo, debes ir con tu esposa y Carla y después yo te llamo y te doy la información que tenga. Aún no sabemos si el accidente fue en la mañana cuando iba o cuando regresaba. Gracias al Señor que está vivo.

Allá en el páramo, David se recuperaba lentamente de una sobredosis de posesión demoníaca. Tendido sobre el suelo de la cocina y desnudo, sentía que su cuerpo había atravesado el océano a nado. Le dolían todos los músculos y el ardor en la garganta por los gritos parecía fuego. Después de un rato, se incorporó con más fuerza, se vistió y fue a prepararse algo de comer. Tuvo algunos destellos de recuerdos cuando vio la puerta abierta y salió a mirar los alrededores. En eso, escuchó un aullido de lobo en la cercanía y ya los sentía algo familiar. Al caer la noche, lo devoraba el apetito por sumergirse una vez más en los papeles y seguir escribiendo de forma enfermiza como lo había estado haciendo hasta hacía unas horas. Ya apenas comía, dormía muy poco, bebía mucha agua y sólo se había bañado en dos ocasiones bajo la lluvia y el día anterior en casa de sus padres desde que se entregó al ritual de Asag. Cuando no estaba escribiendo, las manos le temblaban tanto que no podía sostener una taza de café sin derramarla. Fue, desde el inicio, una absorción virulenta nunca antes vista, un efecto que cada vez se veía más semejante al agente que lo producía. Se quedó de pie delante del escritorio por unos segundos, apoyó las palmas de las manos sobre la libreta de notas y en forma de ritual cerro los ojos y balbuceó algunas palabras antes de sentarse a escribir. Tenía a su derecha en una esquina de la mesa, una pila de tres libretas de notas llenas de escritos. Podía decirse que pasaban las cien páginas en menos de diez días de trabajo, o más bien de embrujo diabólico. Se leían en ellas cosas como conjuros, poemas sin arte, frases en galimatías, imágenes grotescas hechas a lápiz, símbolos y en todas las páginas una cruz invertida con una serpiente enroscada en ella.

Algunos toques espaciados en la puerta y le vino una sonrisa de satisfacción tal como cuando cae la musa sobre los artistas en el momento más deseado. Sin levantar siquiera su cabeza ni dejar de escribir, la puerta se abrió y su mentor literario apareció en el umbral. Sin hacer el menor ruido, Asag fue directo a sentarse en una esquina de la habitación y a observar en silencio a su pupilo escribir. Después de un rato en el que sólo se escuchaba el correr del lápiz sobre el papel, el visitante empezó diciendo:

–Me asquea ver cómo te domina el trabajo. Te acogí como mi discípulo para enseñarte a dominar todo lo que te rodea con tu poder de escribir, pero lejos de dominarlo todo, estás siendo presa de tu misma debilidad.

David dejó de escribir, levantó la mirada sorprendido de escuchar una crítica mordaz de quien él esperaba más bien un elogio. Asag por fin se levantó de su silla, se le acercó y continuó diciendo:

–¡Una espada! Ese es el instrumento que he puesto en tus manos para usarlos a ellos a tu antojo…-soltó un puñetazo sobre el escritorio que se oyó en toda la casa-y la has convertido en tu propia sepultura. ¡Idiota!

El miedo se apoderó de David y ahora no entendía a qué se refería el posesivo maestro.

–Pero… ¿usar a quién? -preguntó David con voz baja y temblorosa- He hecho las cosas tal y como me las has dicho. He descrito las partes irreconocibles de un rostro humano y creo que lo he hecho bien.

El hombre se inclinó sobre él casi a tocarse de narices y le murmuró con voz escalofriante:

—Usa esa fuerza que te he dado para que encuentres placer y acción en lo que escribes. No importa ahora saber a quién o a quiénes estarías usando, eso déjamelo a mí. Sólo te pido que no destruyas tu cuerpo. Por desgracia eres humano y tu composición es de elementos contrarios; a decir, cuerpo corruptible y alma que te vino de Dios pero que ahora es mía, o al menos tu voluntad mi querido muchacho. Y si destruyes tu cuerpo no lograremos el objetivo para el cual te acogí. Come, duerme y báñate que das asco. Y empieza a valorar el trabajo que has hecho para que lo hagas mejor aún.

—Esto que siento es más fuerte que yo, Asag. Dices que tienes mi voluntad en tus manos, pero no comprendo cómo te está resultando difícil dominar mis impulsos que son contrarios a tus intereses.

—Porque no sólo eres portador de una voluntad, sino también de un entendimiento que lucha tenazmente por llevar tu voluntad a su cauce natural y dirigirla en proporción a dicho entendimiento a su finalidad que, según los necios creyentes, es el bien. Y como sucede siempre en una pugna múltiple que el más débil es el perdedor, las creaturas inmateriales; el alma y sus componentes salen triunfadoras y tu cuerpo, que es el continente y corruptible, sale el perdedor. ¡Infeliz!

Terminando su ponzoñosa explicación, estalló en carcajadas que dejó perplejo a David. Éste se levantó bruscamente de su asiento y gritó:

—¡Y qué rayos debo hacer para agradarte, para ser fuerte, si mi tío y mi abuela acaban de morir horriblemente! ¡También algo, de lo cual no recuerdo nada, le hice a ese desgraciado seminarista y no sé por qué! ¿Es que no te das cuenta que me siento confundido y que no sé qué soy?

Asag, que se había quedado escuchando en silencio mientras miraba por la ventana la oscuridad en el bosque, se dio vuelta y dijo:

—Hacha quebrada en el filo, plumaje sin piel de lobo, papel escrito sin carácter y todo lo que perturba nuestra intimidad en el tiempo…eso eres tú. -el hombre extendió el brazo con el índice levantado casi a tocarlo en la cara y siguió- Hiela la sangre en las venas y que no se tibie tu corazón humano y espanta la razón de tu cabeza como el espíritu que ya no te pertenece. ¡Mírame!

David quedó de piedra frente a Asag mirándolo. El amortajado maestro tomó al muchacho por el pelo, haló hacia atrás su cabeza, le ordenó que abriera la boca y cuando la tenía bien abierta, le derramó dentro un vómito viscoso y ámbar. David empezó a convulsionar, sus ojos se tornaron blancos al tiempo que salía de su boca espuma blanca. Asag extendió sus largos dedos y los pasaba por el cuero cabelludo de David desde la frente hacia atrás por entre el pelo sudoroso del poseso. Al llegar atrás, levantó la mano y la sacudió al aire como si sacara algo invisible de su cabeza, algo que impedía la completa realización de su finalidad con la víctima. Recostó el cuerpo desmadejado de David sobre el escritorio y se alejó de la casa.

Lejos de allí al caer la noche en la iglesia de San Antonio, el padre Gutiérrez se disponía a ir a su cuarto atravesando el patio central hacia el final del pasillo. A mitad de camino se dio cuenta que había olvidado el libro de oraciones y regresó por él. Entró de nuevo al templo camino a la oficina, recogió el libro y al regresar, observó que la puerta del campanario estaba abierta y se extrañó. Era una puerta pequeña y sólo se aseguraba por fuera con un pestillo bastante antiguo. No obstante, él siempre se cercioraba todas las noches de dejarla bien asegurada, con el fin de evitar la entrada de algún intruso a través del campanario. La altura de la torre hasta el espacio de la campana era de unos veinticinco metros más siete hasta la cúpula, y el rectángulo del cuarto de la campana medía dos metros y medio por tres. Gutiérrez subió la escalera con cautela, sintiendo que su cuerpo se erizaba de miedo a medida que se acercaba a la campana. El aire frio de la altura le heló hasta los huesos y a sus oídos llegó el ruido de los pájaros nocturnos que habitualmente se adueñan de los campanarios y el sonido grave del viento cuando entra en la concavidad de la campana. En cada espacio que miraba, se resaltaban en los contornos de las esquinas las enigmáticas gárgolas iluminadas a medias por el tenebroso claroscuro de la noche y la luz de la luna. Con trabajo, le pareció que algunas voces se confundían con el silbido del viento en sus oídos. Ladeó varias veces la cabeza para obtener una mejor recepción y gradualmente se hizo más claro el murmullo. A veces era voz de mujer, a veces de hombre en diferentes registros vocales, pero todas decían lo mismo simultáneamente.

—¡Gutiérrez! Estás expuesto.

El padre miró a todos lados receloso de una broma de mal gusto, pero no había nadie. Unos segundos después empezó a convencerse de que era algo sobrenatural, sólo que esta vez el encuentro era mucho más personal que todos los exorcismos que había hecho en su vida.

—¿Quién me habla? ¿Por qué estoy expuesto?

—Soy el arcángel Miguel. ¿Qué hay de Nuria, Manuel?

—No entiendo. ¿De qué Nuria me hablas?

—La chica morena catalana, Manuel.

—¡Santo Cristo! Eso fue hace muchos años cuando empecé en el seminario.

–Para mí no hay tiempo. Las cosas malas ante los ojos de Dios, siempre van a ser malas a menos que te arrepientas de haberlas cometido.

–¡Estás en un error! -gritó alterado Gutiérrez- Yo me arrepentí poco tiempo después de la relación. No hay nada pendiente.

–¿Estás seguro que no quedó nada del lado de allá?

El sacerdote se quedó unos segundos pensando y luego contestó:

–¡No! No puedes decirme eso. Ella…ella nunca me dijo nada. ¡Eso no puede ser cierto!

–Por eso estás expuesto. Expuesto ante Dios, ante ella, ante mí, ante tu conciencia. No tienes ni la menor idea de lo que han pasado ella y su hijo solos en este mundo y nunca te han podido encontrar. Sin embargo, has crecido como persona y has hecho bien en el mundo. Tanto que hasta me confundes. Mira hacia abajo, Gutiérrez.

Manuel caminó unos pasos hasta topar el muro del mirador, apoyó las manos y se inclinó a mirar el suelo desde lo alto. Al momento, irguió su cuerpo, levantó la mirada al cielo cerrando los ojos por unos segundos y murmuró:

—¡Dios Santo, tengo dudas! No sé quién eres en verdad. Muéstrate ante mí para creer que eres un arcángel.

—Vuelve la duda de Tomás, Manuel. Nuestro Señor sintió tristeza por él y ahora la va a sentir por ti. Si has crecido apenas un poquito en la fe después de tantos años consagrado a Él, no puedes tener dudas acerca de mi misión contigo.

—Muy bien. Confío en ti. Tú dime lo que Nuestro Señor quiere de mí y yo lo obedeceré.

—¡Súbete!

Dijo la voz de forma imperativa, y el padre vaciló por unos segundos. Entonces, con obediencia robótica subió al muro, quedando a un soplo de caer al vacío

–Tú has sido escogido para iluminar el camino de los perdidos en este mundo. Tu momento acaba de llegar. Tu salvación eterna y la limpieza de tus pecados pretéritos están a un paso delante de ti. Entrega dócilmente tu cuerpo al viento y tu alma quedará a los pies de nuestro señor entre ángeles y santos del coro celestial.

En ese preciso momento, apareció el seminarista Alfred lanzándole un grito a Gutiérrez,

–¡Padre! ¡No! ¡No lo haga, no!

Sin perder un segundo, se precipitó sobre las piernas del sacerdote quien ya casi perdía el balance abrazándolo con fuerza para evitar su caída. Gutiérrez reaccionó de inmediato y se sujetó con fuerza de una de las columnas del campanario. Alfred lo haló hasta el suelo donde quedaron sentados uno al lado del otro, el hombre temblaba tanto que sus dientes castañeteaban y hasta mojó sus pantalones. Alfred lo abrazó y le habló con sabiduría para traerlo a la realidad.

–No, Gutiérrez. El suicidio no es solución nunca. Y menos para un sacerdote. Eso va contra Dios, contra la Iglesia contra el amor que todos nosotros sentimos por usted, padre. No hay pecado por grande que sea que Él no pueda perdonar si hay un sincero arrepentimiento. Si me confiesa a mí que soy su amigo y confidente lo que ha sucedido, entonces podemos conversar y todo puede tener solución.

–Fui débil, Alfred. Muy débil. -finalmente pudo decir algo.

La respiración del sacerdote era jadeante y a pesar del aire en lo alto, en su cara podían verse las gotas de sudor mezcladas con lágrimas.

–Si ha experimentado el pecado de la carne…

–¡Basta! Basta de tratar de adivinar. No ha sido nada de eso. ¡Fue él! ¡Me sedujo! ¡Caí en la clásica tentación que Jesús rechazó!

–¿De qué me habla, padre? No entiendo. Creo que mejor bajamos a la sacristía donde hay calor y yo le preparo un té y usted se asea un poco en el baño. ¿Quiere?

Sin decir más, los dos bajaron hasta el templo y se arrodillaron ante el Santísimo a rezar. Estuvieron en silencio por unos diez minutos y luego los dos se acomodaron en una mesa en la sacristía. Alfred preparó el té mientras Manuel entró en el baño a cambiarse de ropa y asearse. Momentos después, la conversación se hizo más abierta.

—Subí hasta el campanario porque vi la puerta abierta y pensé que te habías olvidado de cerrarla.

—No padre. Yo la cerré como siempre hago.

—Eso también lo pensé y por eso subí temeroso de encontrarme con algún intruso que quería robar. Al llegar a lo alto, sentí voces. Eran varias como cuando se escucha un coro. Solo que no era de canto. Era una voz que me decía que era el arcángel Miguel y que debía obedecer el mandato divino. Era tan real y convincente todo lo que decía. Me habló de cosas que hice en el pasado y que…

Gutiérrez se echó a llorar y el seminarista le puso el brazo sobre el hombro para consolarlo.

—Perdóneme que le diga lo que usted de sobra sabe, pero los ángeles y arcángeles hablan al corazón, no al oído. También estoy convencido que cuando su misión en este mundo termine, Dios nunca le pedirá que se suicide. Los hombres de fe como nosotros esperamos el día de nuestro llamado sin adelantarnos con un suicidio.

—Ahora más que nunca comprendo lo débil que somos nosotros los mortales ante el maligno. Él puede hacerse pasar por un arcángel y seducirnos de una manera tan fácil, que podría incluso flaquear nuestra fe. Estoy convencido que todos estos hechos están vinculados el uno con el otro.

—¿A qué se refiere, padre?

—¿Cómo fue que llegaste a tiempo si Bill el policía, hermano de nuestra comunidad, me había dicho que aún estabas en el hospital?

—Sí, pero justo después que él lo llamó me mandaron a casa y al caer la noche, antes de irme a la cama, sentí algo dentro de mí que me impulsó a vestirme y correr aquí.

—Ya me parecía extraño que la mano de Dios no estuviera presente para ayudarme. -por un momento apareció una sonrisa en los labios de Gutiérrez- ¿Ya recordaste qué sucedió allá en la cabaña donde te mandé a visitar?

—Sí. Le mentí a las autoridades cuando les dije que no recordaba nada, pero un par de horas en recuperación aún en el hospital, empecé poco a poco a recordar aquella monstruosidad en la cabaña.

Alfred quedó inmóvil por unos segundos recordando los hechos y las preguntas de Gutiérrez continuaron.

—¿Viste a David allá? ¿A qué monstruosidad te refieres?

El seminarista colocó su taza de té sobre la meseta, haló una silla de la mesa y se sentó a continuar el relato.

—Es triste padre, pero él está poseído. No me cabe la menor duda. Cuando me gritó pude ver la transformación física de su cara y no era nada normal y el grito fue tan fuerte que me tiró de espaldas y hasta me desmayé. Pero eso es trivial comparado con lo que me sucedió luego.

El sacerdote dejó de beber y puso su taza a un lado para escuchar con más atención.

—Cerca del escritorio donde me desmayé había como una especie de círculo en el suelo delante de los estantes de libros y cinco cirios encendidos alrededor. Entonces sentí una mujer quejándose de dolor en el cuarto de arriba y subí a ver qué pasaba. Aparentemente era una señora en una cama a punto de dar a luz. Era real, ahí estaba.

—¿Dices "aparentemente"?

—Sí, padre. La ayudé y todo a dar a luz a su…bueno, realmente no era un bebé. Era eso, un monstruo. Mitad humano y mitad cordero. Caí hacia atrás espantado de miedo cuando aquello salió del vientre y la madre se reía a carcajadas. Luego ella se levantó de la cama toda empapada en líquido sanguinolento que le corría por las piernas y tomó la criatura en sus manos y me la mostró. Yo solo pude correr hasta el carro y hui de allá. Pero nada de eso me iban a creer los investigadores. Posiblemente me hubieran encerrado en un hospital psiquiátrico.

—Es claramente una señal de alta blasfemia inducida por magia.

—No veo con claridad la señal, padre.

—Hay múltiples significados de anatema en esa magia diabólica. Ahora comprendo cual fue el cambio repentino de Reynolds que lo condujo a la muerte con las señales diabólicas encontradas en esa cabaña. Esos asesinatos, la conducta extraña de David, los hechos contigo y ahora esto que me sucedió. Todo es obra del demonio y me está desafiando, muchacho. No puede pasar de este viernes en que vayamos todos allá a poner orden espiritual en esa casa de una vez por todas.

Se levantó y antes de marcharse a dormir, Alfred le preguntó:

—¿Puedo quedarme a dormir esta noche, por favor?

—No será necesario, Alfred. Puedes irte a casa.

–Padre. Perdone, pero yo insisto. Estamos viviendo momentos muy peligrosos. Además, recuerde a Mateo 18;20 "Porque donde están dos o tres reunidos en mi nombre, allí estoy yo en medio de ellos."

–Sí, es cierto. Me convenciste. Puedes quedarte en la habitación de al lado. Está limpia y siempre la tengo lista para cualquier visita inesperada.

Largo se le hizo el tiempo a Alfred estando sólo en su habitación recostado en la cama mirando fijamente un punto en el techo y pensando en el poder increíble de Satanás y su capacidad de engañar y seducir a las personas aun cuando los envuelve la fe. Era inconcebible que ese ser abyecto hiciera presencia dentro de la casa de Dios. Un lugar sagrado donde el mal, supuestamente, se queda afuera. Pero el joven comprendió que no solo el espíritu del mal entra, sino también personas llenas de maldad han sido capaces de anidar en el seno de la Iglesia por años para destruirla. Hundido en esa tristeza, por fin se durmió.

Ya entrada la madrugada, unos fuertes gritos salían de la habitación del padre Gutiérrez. La puerta del cuarto de Alfred se abrió de golpe y el seminarista salió con ropa de dormir al medio del pasillo. Se percató que los gritos venían del cuarto contiguo y de un empujón abrió la puerta. Corrió hasta la cama y con fuertes sacudidas logró despertar a Gutiérrez. Este se incorporó inspirando una bocanada de aire como si acabara de salir de lo más profundo de las aguas. Estaba frio, su tez pálida como cadáver, la frente húmeda de sudor y la mirada perdida que paseaba por todas las paredes de la habitación. Parecía tratar de reconocer el lugar donde se encontraba.

–¡Padre, míreme! ¡Gutiérrez, reaccione por favor! ¡Despierte!

El hombre por fin se sentó a un lado de la cama y se llevó las manos a la cabeza.

–No puede ser. Era tan real. ¡Estaba ahí, Alfred! ¡Al lado mío!

–No es nada. Solo una pesadilla y ya pasó.

Quedó un instante con la barbilla apoyada en las manos unidas en palmas y enseguida comenzó a relatar su sueño.

–Estaba yo en el aposento de la Última Cena parado delante de la mesa mirándolo todo. Estaban todos. Pero no eran gente de esa época. Ni siquiera parecían del medio oriente. Eran gente de nuestra época. Vestían como los de ahora y eran de diferentes razas. Y allí estaba Jesús en medio de todos. Resplandeciente, ofreciendo el pan y el vino, pero nadie le hacía caso. De repente se escuchó una carcajada burlona proveniente de David que permanecía parado en una esquina del cuarto con un lápiz y un cuaderno sosteniéndolos en sus manos. Era algo verdaderamente repugnante y sacrílego. Cuando volví la vista al Señor, ya no estaba, había desaparecido. Lo llamé a gritos: '¡Señor!, ¡Señor! ¡Vuelve! Entonces, en pocos segundos, los rostros de todos los presentes se empezaron a transformar en cadáveres en avanzado estado de descomposición. Ellos seguían hablando, riendo y uno a uno fueron volteando sus miradas a mí, mientras los pedazos de carne de su cuerpo se fueron cayendo a pedazos dejando los huesos a la vista y la carne al caer al suelo, hacía ese peculiar chasquido que te salta el vómito de asco. No podía moverme. Quería huir, correr, pero mis piernas no me respondían. En un instante me di cuenta que estaba soñando, pero no podía abrir los ojos para despertar y sentí un peso enorme sobre mi cuerpo como si alguien estuviera reteniéndome por la fuerza. Nunca había experimentado algo igual. Creo que el demonio me quiere poseer a toda costa, Alfred.

—Mejor será que recemos al lado de su cama. Luego trate de dormir otra vez y aférrese con amor al crucifijo.

—Sí. Creo que es lo mejor.

POSSESSUS TERTIUM

La soledad de una vida contemplativa por voluntaria elección, dígase asceta, es dignamente edificante, teniendo en cuenta que el sujeto entrega sus pensamientos y su inteligencia a sumergirse en lo profundo del conocimiento de lo divino y la creación, al menos hasta donde la naturaleza humana se lo permite. Con ello, perfecciona su sensibilidad humana para el servicio caritativo y su espiritualidad goza, por así decirlo, del preámbulo de la vida eterna. En cambio, la supresión voluntaria de la vida comunitaria con el propósito de huir o refugiarse en adicciones destructivas, degrada la humanidad del sujeto, sufre de socio fobia y su espíritu se hace brumoso por esencia. Es una relación inversamente proporcional; el amor a Dios es congregacional, el amor egoísta a sí mismo es disgregativo. David sintió el poder de control sobre los demás seres a través de la palabra escrita. La palabra hecha maldad. Desde las primeras horas de la mañana, revisó en detalles todo lo escrito y mientras más ininteligible y falto de concordancia y enigmático se volvía lo escrito, más admiraba su obra y más crecía su ego. De vez en cuando se levantaba de su asiento a mirar por la ventana. Una enorme nube de aves negras, al parecer cuervos, revoloteaba en círculo alrededor de la casa. Como el cinturón de un planeta lejano, los bichos no cesaban de graznar y girar sin cansancio en ese diminuto espacio. Formaban una cortina casi desde el suelo hasta unos doce pies por encima del tejado de la cabaña. Apenas podía verse con claridad el camino de acceso, además de que el cielo estaba cubierto de nubes grises hasta el horizonte. Era realmente un espectáculo lúgubre desde las primeras horas de la mañana y ya casi caía la tarde y la oscuridad se hacía más densa a medida que pasaban los minutos.

Casi como parido por el silencio y la oscuridad, apareció en medio de la sala el frívolo personaje con su mortaja adherida al cuerpo cual si fuera la piel. Metió la mano en no sé qué parte de su ropaje y extrajo una tirilla de vitela con el dibujo de unos ojos. Se acercó a la mesa, la luz de la lámpara iluminó la tirilla que David, boquiabierto, pudo ver con claridad mas sin saber a quién pertenecían los ojos y entonces levantó la mirada a observar la barbilla puntiaguda por debajo de la capucha y los labios incoloros y agrietados expresar el mandato vil.

–¡Describe y sé pródigo!

Al momento el muchacho agarró el lápiz y comentó:

–Sabía que no me ibas a abandonar, maestro.

Acercó la libreta de notas y leía en voz alta lo que iba escribiendo sin dejar de quitarle la vista a la imagen.

–Cejas poco arqueadas y tupidas, con algunos vellos tapando el entrecejo. Ojos de color pardo oscuro, pequeños y perdidos entre algunas arrugas y una expresión que desborda violencia en una mirada penetrante, como ventana que deja ver el interior del cerebro repleto de ideas de poder y dominio. Es fascinante descubrir ciertas cualidades de animales salvajes en sólo una mirada de ojos humanos. Se funden en un solo ser el instinto natural de poseer su presa para devorarla y el uso de la inteligencia humana para dominar, subyugar y conquistar.

Después del punto final, Asag retiró con rapidez la tirilla del escritorio y esperó un tiempo antes de presentarle la siguiente, de manera que no hubiera interferencia sentimental en caso de que David estuviese a punto de reconocer el personaje. Mientras tanto, le informó acerca de la visita que David recibiría en pocos días y le dio algunas instrucciones precisas para alejarlos de la cabaña.

–Acordamos que también mi pedido fuera plasmado en tu libro. ¿No es cierto?

–Claro que sí. ¿Qué deseas, maestro?

El tenebroso tutor extrajo de su ropaje otra vitela con un dibujo en colores. Era un cuadrúpedo, al parecer un lobo dibujado con grafito, de alas ámbar medio abiertas, la cabeza era de humano con la lengua afuera muy roja y las patas terminaban en pies humanos con pezuñas ensangrentadas. Estaba parado sobre el abdomen abierto de un cadáver que yacía sobre una mesa de comer, mostrando las entrañas que colgaban hasta el suelo. La abertura del abdomen no era hecha por un solo corte alargado como suele ser en cirugías, más bien parecía que habían retirado un rectángulo amplio de la piel, quedando al descubierto los intestinos y órganos. David permanecía con los ojos clavados en el horrendo dibujo sintiendo una especie de admiración por la obra, a lo que Asag le comentó.

—No te dejes vencer por las emociones, mi pupilo. Es sólo un dibujito.

El otro lo miró con ojos torcidos y preguntó:

—¿Y si es un "dibujito", como dices tú, para qué quieres que lo dibuje yo? Con poner la tirilla entre las páginas es suficiente. ¿No crees?

—No. Quiero que lo dibujes tú, exactamente como está en la tirilla.

Pasó más de una hora deleitándose como un chico dibujando la figura grotesca en su cuaderno. Al terminar, le hizo un comentario a Asag.

–Te aseguro que parece un dibujo de un niño perturbado psicológicamente. A ningún adulto se le ocurre pintar un animal con partes humanas adosadas. Es antinatural.

–Es cierto. Es contra natura. Es lo que ningún idiota creyente cree que saldría de la mano de Dios porque sería contrario a la perfección de la creación divina. Pero ahí está y no de la mano de Dios, sino de tu propia mano. Y puede hacerse real si tú lo deseas. Es una muestra del poder que has adquirido con tu talento de escritor. Ahora continua con esta otra tirilla del dibujo de unos labios. Hazlos realidad en tu mente y deja que yo guíe tu lápiz.

David comenzó a trabajar.

–Labios cortos y el inferior notablemente abultado y pasado de rojo. La comisura inferior cubierta de pequeños vellos duros mal afeitados y el superior apenas se ve a causa del bigote amarillento en las puntas debido a la nicotina. Es fácil imaginar detrás de esos labios una lengua sumamente gruesa que se mueve dentro de una oquedad que expele un fuerte aliento de acides nauseabundo, debido al exceso de comida grasosa y la falta de higiene bucal. Ahí está bien claro, maestro Asag, la hipocresía cristiana reflejada en unos simples labios. Muestran claramente a un hombre entregado a la gula, quizá pasado de peso corporal y sin remordimientos por no poder desarrollar la supuesta virtud cardinal de la prudencia.

Descrita y escrita la figura de la tirilla, abruptamente Asag retiró el papel de la mesa y se marchó dejando a David adornar lo escrito con galimatías provenientes de la negritud de su espíritu cautivo.

Sean Reynolds estaba pasando por un período difícil de terapia después del ataque de su madre y la experiencia de haberla visto morir de un disparo. Los resultados no eran alentadores y su aislamiento físico y mental iba en aumento. Siempre le gustaba dedicar algunas horas en hacer algunas reparaciones menores en el pequeño taller ubicado en el patio y bien apartado de la casa principal, pero esta vez fue más allá encerrado por más de ocho horas trabajando en algo que ni su esposa sabía.

En la casa principal, valorada en más de dos millones de dólares, su joven esposa Ashley aseguró las ventanas y puertas además de colocar la alarma antes de irse a la cama. Había estado viendo televisión por espacio de dos horas esperando por su esposo para cenar juntos antes de dormir, pero este nunca apareció. Estaba consciente de que él se había metido en el taller desde la mañana y la curiosidad y la oscuridad de la noche la movieron a espiar por los rincones de las afueras del taller para enterarse en qué estaba trabajando. Se acercó por una hendija muy pequeña, pero sólo alcanzó a ver al hombre caminar de un lado a otro como quien está perdido dentro de un laberinto, al tiempo que lo escuchó murmurar y refunfuñar entre dientes. Otras veces lo oyó reírse, seguido de martillazos, ruidos de sierra, taladro y mucho metal. Ashley regresó a hurtadillas a la casa y se sentó a pensar con el corazón agitado. Afloraron los pensamientos de temor por una posible venganza por parte de Sean, pues en el pasado ella lo estuvo engañando con un profesor de la Universidad de Arizona y aunque él la había perdonado, el rencor en él aún permanecía vivo como el primer día. Ella por su parte, tenía la certeza de que Sean también la estaba traicionando desde hacía un tiempo, pero al contrario de él, esperaba ansiosa que de un momento a otro él fuera el que diera el primer paso para el divorcio y terminar de una vez y por todas con una relación disfuncional y angustiosa. También pensó que podía tratarse de una demencia súbita.

Al salir del baño, se sorprendió al ver a Sean parado detrás de la puerta del cuarto y los ojos perecían salírseles de las órbitas. Ashley sintió el frio del miedo y retrocedió unos pasos cuestionando la actitud rara de su esposo.

—¿Qué pasa, Sean? ¿Y esa mirada, por qué?

Sin decir nada, el hombre avanzó rápido hacia ella y de un fuerte puñetazo en la mandíbula la tiró al suelo inconsciente. Salió de la habitación y regresó al cabo de un rato arrastrando una pirámide de base cuadrada hecha de planchas de hierro y la colocó en medio del cuarto después de echar a un lado la cama. Las dimensiones de la pirámide eran de dos pies y medio cuadrada y una altura de tres pies. A partir de los tres pies de altura, se elevaba una punta de unas ocho pulgadas, tan fina y filosa como la de un puñal. Además, volvió con una silla de aluminio con la particularidad de que tenía un amplio agujero en el fondo de forma circular. Con el peso enorme de su cuerpo, no le resultó difícil cargar el cuerpo desmadejado de su esposa y sentarlo en la silla y desesperado la dejó totalmente desnuda. Le ato los tobillos con cinta adhesiva a las patas de la silla, el tórax y los brazos al espaldar y sin delicadeza alguna encintó la boca a pesar de la mandíbula inflamada de la mujer. Con un abundante rollo de soga fina y fuerte, ató cuatro pedazos cortos a la parte superior de las cuatro patas de la silla y el otro extremo de los cuatro pedazos, los hizo converger en un gancho de albañilería y este a su vez, amarrado de un trozo de cuerda mucho más largo. Un quinto pedazo de soga, bien largo también, lo enlazó alrededor del cuello de su víctima. Enseguida, mientras Ashley permanecía sin conocimiento, buscó una escalera mediana y la puso en medio del cuarto. La casa, además de ser costosa, tenía los techos de los cuartos de la segunda planta un poco altos ya que no poseían cielo raso y en el centro del techo tenían una argolla que facilitaban el trabajo de pintura y reparación. Al llegar a la cima de la escalera de tijeras, agarró la argolla, pasó los dos extremos de las cuerdas por ella y descendió. Puso la escalera a un lado y con una fuerza descomunal tiró de la cuerda suspendiendo la silla en el aire a la altura de su cabeza. Midió cuidadosamente el punto perpendicular entre el piso y el centro del agujero de la sentadera de la silla, la bajó con cuidado, la puso a un lado y en el punto imaginario previamente calculado, colocó la pirámide. El sudor bañaba su cuerpo grasiento. Prendió un cigarrillo con manos temblorosas y se peinó el bigote amarillento. Nada podía detenerlo en su macabro plan y antes de continuar aspiró unas bocanadas de humo y exclamó:

–No puede ser en silencio, perra. Tienes que gritar. El poder de este mundo exige dolor y castigo para los traidores. Y ese poder me fue concedido a mí. Después vendrá el dolor y castigo para el sucio abogado Stewart y su cristiana esposa.

Se dirigió a la mujer, le arrancó la cinta de la boca y se la pegó sobre los ojos. Con el jalón, Ashley despertó y se movía para salir de las ataduras al tiempo que llamaba a su esposo a pesar del dolor del golpe.

–¡Sean! ¡Sean, qué haces! ¡Quítame estas cintas! ¡Auxilio! ¡Ayúdenme! Sean por favor, no me hagas daño. Yo siempre te he amado, Sean.

Las súplicas motivaron aún más a Sean en su diabólica ejecución. Lentamente y cuidando de no tropezar con la pirámide, tiró de la cuerda hasta llevar la silla casi a la altura del techo y esperó unos segundos a que se detuviera el balanceo. Caminó unos pasos hasta ponerse debajo del centro de la silla, levantó la cabeza con sonrisa y mirada demencial y observó los genitales de su esposa que apuntaban exactamente a la punta filosa de la pirámide. Siguió observando y de momento ella empezó a orinarse de terror y todo su cuerpo temblaba entre quejidos, lágrimas y sudor abundantes. Cuando el orine empezó a mojar la cara de Sean, este se apartó llevando la soga consigo y lamiendo todo el líquido que chorreaba en su rostro. Uno puede ver la expresión del momento de tensión en la cara de un niño cuando se va a precipitar a ejecutar un juego desafiante, el cual le puede dar la victoria delante de sus amigos o la amarga derrota que le traerá la decepción. Esa expresión infantil de sorpresa se hizo visible en Sean no por un simple juego, sino por el asesinato más cruel, a punto de cometerse, que se haya registrado en el estado de Arizona. Finalmente liberó la cuerda y junto a la caída del cuerpo se escuchó el chillido escalofriante de un ser cuando ve la muerte violenta llegar y enseguida el chasquido de la cuchilla penetrando su cuerpo a través de los intestinos o quizá la vagina. Esto hizo saltar hacia atrás a Sean que petrificado observó a su esposa, primero lanzar un grito de dolor y luego tensar todos los músculos del cuerpo moviendo la cabeza con fuertes convulsiones y emitir un sonido gutural espantoso escupiendo sangre después que la punta del acero le salió por el vientre. La sangre empezó a correr por las laderas de la pirámide y Sean se apresuró a alzar a Ashley por la cuerda alrededor de su cuello aun retorciéndose en sus estertores. Lo hizo bien rápido y al llegar arriba, ató la cuerda en la empuñadura de la puerta cerrada y corrió a apartar la pirámide y a mojarse con la sangre que caía. Eufórico empapó su cuerpo con sangre pleno de satisfacción por su crueldad. Se paró justo debajo y abrió los brazos en forma de T, echó hacia atrás la cabeza y abrió la boca para dejar que la sangre también se derramara dentro de su boca. Cuando estuvo llena, hizo gárgaras y tragó como agua fresca.

La madrugada aún era joven y debido a que en los vecindarios de clase alta no es común escuchar ruidos altos o gritos a media noche, al vecino de enfrente de la casa de Sean le llamó mucho la atención que unos minutos antes, un grito que, aunque lejano, tenía la sensación que provenía de allí y que algo andaba mal. Abrió un filo de la ventana del cuarto alto para tener mejor visión y observó cómo Sean salía de su garaje en su camioneta *pick up* y con dificultad debido a la poca luz, pudo ver que el hombre iba todo manchado sólo que no pudo apreciar el color de las manchas. El vecino, inquieto por lo que había visto y escuchado, decidió hacer la llamada al 911. Minutos más tarde, apareció un vehículo de la policía en la entrada de su casa y tres oficiales, uno de ellos mujer, descendieron del carro y se dirigieron a la casa de Sean. Mientras uno tacaba repetidas veces el timbre y luego con la mano, el otro se acercó a la casa del vecino y tocó para hacer las preguntas pertinentes. El morador abrió la puerta y el policía se presentó formalmente y fue directo al grano.

−¿Es usted Rick Hamilton, señor?

−Sí, señor. Soy yo.

−¿Fue usted el que avisó al 911?

−Exactamente oficial. El problema es que hace casi una media hora escuché un grito de mujer que me pareció venir de esa casa, pero no estoy seguro, ¿sabe? Y más tarde, pude ver a Sean salir disparado en su camioneta *pick up,* me extrañó que a esta hora de la madrugada estuviera tan apurado y además noté que iba todo manchado.

El policía terminó de escribir lo que le contó Rick y enseguida preguntó.

−Dice usted que iba manchado. ¿Manchado de qué?

−No sé, oficial. No pude distinguir si era grasa o...

−¿Sangre?

−La verdad no sé.

–Muy bien. Muchas gracias.

–Buenas noches, oficial.

Después de cerrar la puerta, la mujer policía dio una revisada por el lateral de la casa de Sean y notó la puerta de la verja de madera que daba al jardín medio abierta y llamó por apoyo. Los tres entraron en el patio, llamaron varias veces en voz alta y antes de decidirse a entrar en la cocina miraron a través del vidrio de la puerta corrediza ya que la luz adentro estaba encendida y vieron huellas de pisadas de sangre en el suelo y fue entonces que desenfundaron sus armas y avanzaron dentro de la vivienda con cautela, mientras uno de ellos llamó a control para pedir más apoyo. Caminaron revisando cada cuarto y luego decidieron subir las escaleras. Al entrar al cuarto matrimonial, saltaron aterrorizados ante la escalofriante escena sangrienta que se presentó ante ellos. La silla con Ashley colgando del cuello giraba lentamente como una piñata de cumpleaños. La gravedad hizo que algunas partes de los órganos internos salieran por el agujero de entrada de la hoja filosa y aún goteaba algo de sangre. Ante tanta barbarie y sangre por doquier, la oficial no pudo sostenerse y se tambaleó a punto de desmayarse al tiempo que los otros oficiales no pudieron contener el vómito. El policía al mando sacó a su colega de la habitación y esperaron afuera la llegada del departamento de homicidios y el apoyo que ya estaba en camino.

En menos de media hora, la zona ya estaba repleta de oficiales, carros patrullas con luces de emergencia encendidas, vehículos de criminalística, agentes de civil dando órdenes y en medio de toda esta movilización aún no se había podido localizar el vehículo del presunto asesino. Como la vez anterior, dos investigadores tuvieron la dura tarea de visitar a Stephanie y familia para informarles acerca de los hechos y hasta la casa fueron a cumplir su deber.

Stephanie se encontraba en ese momento en el baño cuando sintió la llamada a la puerta y se asustó pues a altas horas de la madrugada no esperaba visita alguna. Corrió a despertar a Miguel y este de prisa bajo las escaleras seguido por ella. En el umbral aparecieron los investigadores y el corazón de Stephanie se agitó pensando en su hijo David. Los detectives se identificaron y Stephanie se apresuró a preguntar.

–¿Sucede algo con mi hijo, detective?

–No, señora. Esta vez no es su hijo el problema. ¿Podemos entrar?

–Claro que sí -respondió Miguel- Pónganse cómodos.

Una vez instalados en la sala, el detective Arthur comenzó a relatar los hechos sin entrar en muchos detalles para no herir demasiado y no confirmar lo que todavía estaba bajo investigación. El llanto de Stephanie interrumpió la declaración de los oficiales y Miguel tuvo que sostenerla entre sus brazos para tratar de calmarla un poco. Carla apareció de su cuarto soñolienta y al ver a su madre llorar se desesperó por saber lo que estaba pasando.

–¿Qué sucedió ahora? ¿Le pasó algo a mi hermano?

Miraba a sus padres esperando una respuesta y su padre le hizo una versión corta de los hechos.

–No ha sido David el del problema, gracias a Dios. Tu tía Ashley ha sido encontrada muerta en su habitación. Tu tío Sean está desaparecido y la policía lo busca.

Ella se dejó caer en el sofá al lado de su madre y se puso a llorar también.

—Sería de gran ayuda si alguno de ustedes dos sabe dónde pudo haber ido el señor Sean en su camioneta. -comenta la detective Jane.

—Realmente no tenemos idea de dónde podría estar -respondió Miguel- Él nunca visita la familia a altas horas de la madrugada.

—Muy bien. Si recuerdan algo que nos pueda servir de ayuda, no duden en llamarnos. Lamentamos sinceramente lo ocurrido y en la mañana pueden pasar por la morgue. Buenas noches.

El problema de Sean con el abogado Roger Stewart, viene desde hace algunos años cuando Sean, perdidamente enamorado de Sara esposa del abogado, se dedicó por un tiempo a acosarla hasta que, enterado el hombre de lo que sucedía, lo amenazó con la ley además de golpearlo en una ocasión en la que este sorprendió al intruso dentro de su casa y en actitud amenazante con Sara. Momentos antes de irse aquella noche, también le dijo que si seguía creando problemas le contaría todo al señor Reynolds. Sean no tuvo más remedio que alejarse, pues temía que su padre lo desheredara por despreciable.

A Sean le tomó unos veinte minutos el recorrido hasta la casa de Stewart y en el camino no dejaba de fumar y beber de una botella de Vodka que se trajo consigo desde la casa después de cometer el asesinato. Debido a las veces que anteriormente estuvo acechando a Sara, ya conocía algunos puntos débiles de la casa por donde podía entrar sin ser advertido. De esa forma, penetró en la casa llevando en su mano una pistola. Se acercó despacio a la cocina donde estaba la única luz encendida y oyó que alguien estaba allí. Miró desde la oscuridad y vio a Sara tomando agua delante del refrigerador. Llevaba puesta una ropa de dormir de una tela muy transparente y la silueta de su cuerpo bien formado y desnudo le despertó el apetito sexual. Un apetito que parecía haber desaparecido en el pasado, pero que al recibir el influjo demoníaco regresó ahora con mayor intensidad. Sara terminó de beber agua y sintió un objeto duro y frio que tocó en su sien. El miedo la paralizó de inmediato y Sean con la mano izquierda le tapó la boca e hizo con los labios el sonido de silencio cerca del oído de ella. Sin tener la menor idea de quién se trataba, Sara se dejó llevar por el hombre hasta la sala con la pistola apuntándole a la cabeza. Él la volteó bruscamente tirándola sobre el sofá de la sala y la siguió apuntando con el arma.

—¡Sean! ¿Qué haces? -exclamó sorprendida.

Sin decir palabra, el hombre sacó de su bolsillo un rollo de cinta adhesiva y le ató las manos forcejeando todo el tiempo ya que ella trataba de impedírselo, luego la amordazó y le arrancó la ropa. La violación se llevó a cabo con fuerza intercalando golpes durante el acto. Apenas hubo de terminar, se estaba vistiendo cuando Stewart se abalanzó sobre él dándole un fuerte golpe en la cabeza que lo dejó inconsciente tirado en el suelo. Enseguida desató a Sara y la sentó en un sillón para curarle las heridas. Tenía el labio y la ceja partidos y un ojo se inflamó tanto que no podía abrirlo. Le buscó algo de ropa y después buscó el celular para llamar a emergencia. Al parecer el golpe a Sean sólo lo aturdió un poco y antes que Stewart lograra la comunicación con el 911, le vino encima un puñetazo de Sean que le hizo perder el equilibrio y el teléfono. Con una rapidez impresionante, Sara salió del cuarto de baño donde había ido y corrió a la puerta de la calle envuelta en una toalla, pero un disparo le alcanzó cerca del hombro izquierdo y cayó al suelo.

Al rato, Stewart despertó en medio de una situación desesperante. Se encontraba atado sobre una cruz de madera de cedro la cual trajo Sean en la camioneta desde el taller de su casa en la huida. Todo estaba planeado, incluso el asesinato de Stewart y la violación de Sara. La cruz la colocó invertida e inclinada contra el muro perimetral hecho de concreto. Los brazos de la cruz también estaban soportados por dos paredes pequeñas que casualmente le proporcionaban una sujeción perfecta. Los brazos de la víctima estaban amarrados a la cruz por los antebrazos y las piernas un poco por encima de los tobillos. El asesino le había arrancado la camisa de la pijama y Stewart tenía al descubierto el grueso y sudoroso abdomen.

Unos gritos espantosos acompañados de golpes de martillo despertaron a Sara del desmayo.

Había sangrado mucho y con trabajo se levantó tambaleándose y dándole gracias a Dios que aún estaba con vida. No podía mover el brazo, pero tampoco quería abandonar la casa sin antes saber qué estaba sucediendo con su esposo. Caminó agarrándose de la pared y se asomó al patio. Quedó horrorizada con lo que le estaba haciendo Sean. Había traído de su casa también unos clavos de unas seis pulgadas y una mandarria. En cada golpe de mandarria el clavo penetraba un pedazo en la madera dura atravesando la mano izquierda de la víctima. Sara casi no podía moverse de los temblores. La mandíbula también le temblaba y las lágrimas le cubrían las mejillas. Reprimió con la mano el grito de angustia para no ser escuchada por Sean y despacio se alejó aguantándose de la pared. Regresó a la sala encontrando en el camino el celular, salió a la calle y trató de alejarse lo más que pudo de su casa antes de llamar a la policía.

Sean terminó de clavarle a Stewart las dos manos sobre la cruz y los pies los colocó en un pequeño pedestal angular adjunto a la cruz hecho a la medida del abogado. Esta vez utilizó clavos más pequeños y un martillo de carpintería porque con la cruz invertida se le era más difícil la tarea de clavar.

Resulta inimaginable el sufrimiento tan grande que debió padecer Jesús cuando fue crucificado, a juzgar por los gritos de Stewart y como se retorcía de dolor en cada golpe de martillo o mandarria. El diablo estaba en aquel entonces regocijándose en su victoria al lado de los soldados romanos, al igual que ahora lo estaba al lado de Sean.

Gritando a más no poder, Stewart observó cómo su asesino sacó dos cirios de dentro de una bolsa que tenía sobre la mesa de comer que había en el patio, los encendió, los puso separados uno de otro sobre la mesa, extrajo también un pincel y además un filoso cuchillo con el que se acercó otra vez a la cruz. Se vislumbró en el rostro una sonrisa de maldad y jadeaba como un perro rabioso. Se aproximó bien a la cara de la víctima y esta advirtió en la profundidad de sus ojos que cualquier vestigio de alma había abandonado ese cuerpo salvaje y cruel. Un ser vacío sin el halo del espíritu divino. Una pieza humana movida por el deleite del placer sexual y criminal. Regresó rápido a la mesa y se llevó a la boca la botella que aún contenía un cuarto de Vodka y bebió grandes tragos como si fuera agua. Volvió donde estaba el crucificado con mera decisión, agarró con fuerza la piel del centro del abdomen de Stewart y con el cuchillo, comenzó lentamente a cortar haciendo un cuadro desde la altura de la pelvis, bordeando por encima de las costillas y cerrando cerca del esternón. El dolor infringido fue tanto que la víctima perdió el conocimiento y nunca volvió a despertar.

Dos vehículos de policía llegaron a la entrada de la casa y bajó un grupo de uniformados con armas largas y listos para forzar la entrada de la casa. Procedieron según las indicaciones por la radio y se desplegaron dentro de la casa. Al no encontrar nada siguieron hasta el patio y todos al unísono gritaron:

—¡Manos arriba! ¡Ahora, vamos! ¡Manos arriba!

Sean no se movió de su asiento, pero no dejaba de repetir con voz que salía más bien de su estómago.

—¡Vitela! ¡Vitela! ¡Inclusus! ¡Inclusus!

Tenía delante sobre la mesa, el pedazo de piel del estómago de Stewart con la gruesa capa del tejido adiposo hacia abajo y encima de la piel estaba escribiendo con el pincel y usando sangre del muerto, alguna frase que no podían distinguir bien. A pesar de las órdenes de los agentes, no dejaba de murmurar y no quitaba la vista de la piel ni soltaba el pincel. Segundos después, su cuerpo empezó a ponerse excesivamente rígido y tembloroso y ya no pronunció palabra alguna. A simple vista podía verse su piel que enrojecía a cada segundo, dando la impresión de que su temperatura corporal ascendía abruptamente como lava de volcán que emerge desde el centro de la tierra. Los oficiales se quedaron atónitos al ver que poco a poco el cuerpo de Sean empezó a despedir humo por entre la ropa, por debajo del pelo, las orejas y en un acto de desesperación abrió la boca tratando de buscar oxígeno y en cambio sucedió que más humo salió en una cantidad tan grande que por un momento dejó de verse su rostro. Los policías aún estaban paralizados del asombro y no dejaban de mirar a Sean que empezaba a convulsionar como si fuera a morir. Los ojos se le llenaron de venas muy rojas y toda la parte visible de su piel se cuarteó dejando ver la carne chamuscada y con un fuerte olor a quemado mezclado con algo de olor a azufre. Un olor tan terrible que algunos guardias se tapaban la nariz. En ese momento, algunas llamas aparecieron debajo de su pelo y por debajo de las axilas que quemaron la camisa y seguían regándose por todo el cuerpo. Finalmente, un guardia tomó la iniciativa y corrió a buscar una cubeta con agua para sofocar las llamas. Cuando regresó, el fuego era tal que se elevaba a más de un metro y solo afectaba el cuerpo de Sean de la cintura hacia arriba. Las llamaradas irradiaban un calor tan fuerte que todos debían mantenerse alejados cual si estuvieran en presencia de un horno. Fueron necesarias unas cuantas cubetas de agua para apagar el incendio y al final, solo quedó una masa chamuscada de órganos y huesos casi convertida en cenizas y las piernas intactas. Sobre la mesa, la piel del abdomen del abogado quedó intacta y podía leerse sobre ella una frase escrita con sangre: '*Los débiles sucumben en la cruz, los fuertes exultan su victoria*'. En la esquina del patio, el cadáver de Stewart yacía clavado en la cruz invertida y sus órganos e intestino colgaban hasta taparle la cara. Una buena parte del patio estaba cubierta en sangre.

Mientras que de nuevo la policía se movilizaba ante los horrendos crímenes que mantenían a la vecindad en sobresalto, en la aparente tranquilidad de la casa de los Duarte, Stephanie no podía dormir y bajó a la cocina a prepararse un té que pudiera ayudarla a conciliar el sueño, al menos hasta las primeras horas de la mañana para comunicarse con la policía y saber más acerca del paradero de su hermano Sean. Se acercó al refrigerador a tomar agua y al voltearse, se encontró con un joven desnudo y de espaldas. No pudo ver su rostro, pero sí pudo adivinar que se trataba de su hijo David.

–¡Mi hijo! ¿Qué haces aquí? ¿Cuándo llegaste? ¿Por qué estas así sin ropa?

Con movimientos muy lentos, el joven fue girando hasta ponerse de frente a Stephanie. Ella quedó perpleja al ver que la persona no tenía rostro. Sobre los hombros, observó solo la cabeza cubierta de pelo y donde debían estar los ojos, la nariz y la boca, vio que nada más tenía piel. Tal como si hubiera nacido sin ojos, nariz y boca. Sin embargo, escuchó la voz que dijo:

–Mamá.

Stephanie lanzó un grito aterrador que despertó a su hija y a su esposo quienes se incorporaron en la cama de un salto. Sin fuerzas dejó caer al suelo el vaso que sostenía con agua y ellos la encontraron en la cocina sentada en una esquina del piso temblando y llorando. Corrieron hacia ella y trataron de averiguar qué la asustó tanto, pero sólo se limitó a decirles entre lágrimas:

—Tenemos que ir mañana mismo a traer de regreso a mi hijo. No puedo esperar más. Presiento que algo malo está pasando en aquella maldita cabaña. Y si ustedes no me acompañan, iré sola.

Unas horas después y con las luces del alba, ya todos estaban terminando de recoger algunas cosas esenciales para partir hacia Alpine en busca de David, cuando se oyeron toques a la puerta. Todos se miraron extrañados y Miguel se dirigió a abrir la puerta. En la entrada aparecieron otra vez los detectives Jane y Arthur a informarles acerca de los últimos acontecimientos siniestros ocurridos en casa del abogado de la familia. La terrible noticia dejó en *shock* a los Duarte y Stephanie sintió otra vez un duro golpe al saber que otro hermano había muerto de forma violenta. En menos de dos meses, seis personas habían muerto, cinco de ellas unidas a la familia.

Estando todavía la policía en casa de los Duarte, hizo entrada el padre Gutiérrez y el seminarista Alfred. Hubo saludos entre los recién llegados y los investigadores y enseguida estos últimos abandonaron la casa dejando solos a los familiares con los religiosos.

–Stephanie, Miguel -comentó Gutiérrez- Les doy el más sentido pésame por la tragedia en casa del abogado Stewart y por la muerte horrible de la esposa de Sean, pero ya no hay tiempo que perder. El señor obispo me ha autorizado para hacer un exorcismo en la casa de David. Él está al tanto de todos los acontecimientos de la familia y considera que realmente hay acciones demoníacas muy agresivas.

–¿Por qué habrá matado así a su propia esposa? ¿No acabo de entender? -se preguntó Miguel.

–Era uno de los métodos de asesinar, más crueles usados por la Iglesia en la época de la Inquisición. Se llama La Cuna de Judas. El tormento es tan fuerte que la víctima no demora mucho en perder el conocimiento y pasa enseguida a la muerte. Tenemos que actuar para detener este baño de sangre en la familia y tiene que ser ahora. Por eso hemos venido a rescatar al muchacho de las garras de Satanás y les hablo con toda propiedad por la experiencia vivida en estos asuntos. Es mi deber combatirlo donde quiera que se encuentre y si no me creen en un momento tan vulnerable para ustedes, entonces iremos nosotros solos en nombre de toda la familia y lo traeremos de vuelta si ustedes nos autorizan.

Stephanie se sintió aludida y levantó la barbilla con coraje para responder.

–Usted casi me ofende padre, pero no puedo quedarme aquí mientras mi hijo corre peligro. De hecho, ya íbamos de salida antes que las autoridades llegaran.

–Mis disculpas Stephanie. No fue mi intención. Se trata de una tarea bien difícil y peligrosa y no quisiera exponer a muchas personas en esto.

–Padre. -interpuso Miguel- Mientras más personas estemos juntas para rezar, mucho mejor.

–Pues en marcha.

Stephanie se impulsó a correr adentro cuando Alfred la atajó a tiempo.

—¡No se angustie señora Stephanie!

—¡Algo pasa con mi hijo déjenme ir, por favor!

—¡No es él, Stephanie! Escuche bien. -dijo Gutiérrez.

También se oían algunas carcajadas y palabras en otra lengua mezcladas con los golpes de mandarria y los gritos que cubrían hasta más allá de la pared limítrofe del patio. El cura estaba perplejo y dejó de moverse para seguir escuchando ordenándoles a todos hacer silencio. Carla no aguantó más y gritó el nombre de su hermano ahogada en llanto.

—¡David!

Miguel la abrazó y Stephanie no dejaba de preguntarle al padre.

—¿Qué está pasando ahí dentro, padre? Esa no es la voz de mi hijo. ¿Él está dañando a alguien como hicieron mi madre y mi hermano?

Todos quedaron en silencio mirando fijamente a Gutiérrez quien se demoró un rato en dar una respuesta hasta que, con voz temblorosa, por fin les explicó.

—Estamos siendo testigos de una transposición dimensional acústica en tiempo real. Sólo Simia Dei es capaz de hacer semejante magia muy confundible con los milagros reales de Nuestro Señor.

—Por Dios Santo, padre. ¿Puede explicar mejor para entender? -dijo Stephanie.

—Claro que sí. Precisamente hoy es viernes. Aunque estamos un poco lejos del viernes Santo, día en que la Iglesia conmemora la crucifixión de Nuestro Señor Jesús, en la antigua Galilea el viernes Santo no cayó en el calendario exactamente cuando nosotros estamos por esperarlo. Me refiero a que... estamos escuchando los gritos reales de Jesús siendo clavado en la cruz en este preciso instante. -todos se quedaron atónitos y se persignaron y seguían sin entender nada, pero el sacerdote continuó. -El diablo puede, producto de su poder de magia, hacer eco del tormento que vivió Jesús a través del tiempo por muchos siglos. Es como gritar desde una montaña y fracciones de segundo después, otra persona en otra montaña cercana escucha el grito. Simia Dei hace posible esto porque recrea imágenes y sonidos, no a través del espacio-tiempo en el cual vivimos, sino a través de la dimensión espiritual en la que él existe y lo puede hacer por muchos siglos de distancia. Es la exaltación de un grito, el regocijo de un fugaz triunfo y que al tercer día se convirtió, como todos conocemos, en la aplastante derrota de la muerte gracias a la resurrección de Jesús. Les aseguro que esta transposición es la experiencia más dolorosa que haya tenido en toda mi vida. Santo Dios, nunca pensé que fuera tan cruel.

El clérigo y el seminarista juntaron sus manos en señal de oración, doblaron sus rodillas y levantaron la mirada al cielo con lágrimas en los ojos. Frente a ellos, la familia temblaba de miedo y confusión al saber que estaban viviendo, en parte, el Sacrificio Santo. Carla afligida no aguantó más y mojó sus pantalones.

—¿Y por qué tenemos que quedarnos afuera? -preguntó.

–Es cierto. Yo quiero ver a mi hijo. -recalcó la madre.

–Sabía que me harían esa pregunta. Pero créanme que eso no ayuda. Se crearía una interferencia sentimental la cual puede aprovechar Satanás para manipular el exorcismo y que no tenga el éxito esperado. Cuando lo peor haya terminado yo les llamo adentro.

–De acuerdo. -dijo Miguel.

Diciendo esto, los tres se tomaron de las manos, se pusieron de rodillas y empezaron a rezar mientras el cura y su acompañante se dirigieron hacia la puerta. Alfred iba delante y con manos temblorosas giró el picaporte. Metió los ojos por el filo de la puerta, no vio a nadie y le hizo señas a Gutiérrez para seguir adelante.

Ya adentro, los dos empezaron a buscar con la mirada a David. Gutiérrez dio unos pasos cerca del baño y de repente vio delante de él la figura de una mujer joven y de pelo negro y largo completamente desnuda, con un bebé en brazos y sonriéndole.

que el muchacho adquirió una facultad propia de un poseso. Las palabras que él dijo dentro del carro era imposible que David las hubiera podido escuchar desde dentro de la casa a menos que fuera absorbido por la posesión diabólica en cuestión. La agudeza del sentido del oído le permitió escuchar claramente toda la conversación dentro y fuera del carro. Las facultades sensitivas se agudizaron más allá de lo que un ser humano puede desarrollar.

—Decía eso, -explica el padre tratando de engañar al joven- porque esta cabaña no ha sido bendecida nunca y al estar tú sólo aquí, pues corres peligro de ser presa del diablo. Así que, por lo tanto, hemos venido todos hasta aquí para bendecirla y tengo además la autorización de tus padres y espero que tú también ayudes. ¿Verdad?

David se dejó engañar con el fin de jugar un poco. A fin de cuentas, es cualidad del diablo parecer divertido y algo cómico en sus maldades.

—Explícame algo Gutiérrez. A tu entender, ¿Es cierto que todas esas muertes que han ocurrido últimamente tienen que ver con el diablo?

—Me temo que sí, David.

—¡No, no, no!, Gutiérrez. ¿Qué pasa hombre? Pensé que eras más inteligente.

—¿Qué quieres decir?

—Tú sabes que la causa de una conducta pecaminosa es la propia voluntad del sujeto. ¿Verdad? No entiendo por qué quieren culpar al diablo si Dios creó al hombre dueño de sus actos. ¿eh?

—De algún modo sí es culpable porque es él quien presenta el objeto apetecible ante nuestras narices con una finalidad aparentemente buena, como persuasor del hombre para que este mueva su voluntad hacia el pecado.

David se levantó rápido del suelo y se acercó airado al rostro del cura agarrándolo por el cuello de la camisa para preguntarle.

—¿Y cuál fue la finalidad aparentemente buena que puso ante los ojos de esas personas para que cometieran esos crímenes? ¿eh, idiota?

—No lo sé muchacho. -Gutiérrez le zafó la mano del cuello y siguió- Pero sí te puedo asegurar que te prometió una vida llena de éxitos como escritor y ahora estás poseído por su fuerza. Ahí está el ejemplo del que hablábamos.

—¡Lárgate de mi casa que tú, tu religión y el diablo cenan en la misma mesa! ¿O ya se olvidaron de los miles de muertos de la época de la inquisición? A claro, ahora me vas a decir que tú no habías nacido, que fueron otros tiempos, que la Iglesia pidió perdón, etcétera, etcétera. ¿Verdad? Realmente hicieron una buena jugada, ¿eh? Admirable. Matar y después a los siglos de distancia, pedir perdón.

Mientras David reía a carcajadas por lo que acababa de decir, Gutiérrez siguió mudo y el atacante continuaba.

—Pero no señor cura. No. Estamos en pleno siglo XXI y todavía la Iglesia sigue haciendo cositas pecaminosas.

—¡Cierra la boca muchacho engreído! -Gutiérrez alzó la voz y respondió de forma enérgica y apologética- No son sacerdotes, obispos o papas malos que cometen o han cometido crímenes a lo largo de la historia de la Iglesia, son personas con inclinaciones perversas que entran al sacerdocio y llevan la maldad en su corazón. Dios mismo ve a través de ellos como en un cristal y sabe cómo son, pero todo está en las decisiones de nuestros actos y sólo aquellos con una santidad intachable tocaran los pies de Nuestro Señor Jesús en el cielo. Todos aquellos que escondidos tras la envestidura clerical hayan obrado con maldad, han sido y serán condenados. Mira el santoral de nuestra fe católica desde Pedro hasta nuestros días y veras que los hombres llenos del amor de Dios y de corazón noble, son miles comparados con los que han manchado la imagen de nuestra Iglesia.

Gutiérrez se dirigió a la salida y Alfred lo alcanzó antes de llegar a la puerta.

–Padre. ¿Usted me va a dejar sólo aquí con él después de lo que me hizo aquel día?

–Alfred. Este es uno de los momentos en que se pone a prueba el coraje de un sacerdote. Muestra siempre tu crucifijo y tu rosario. No tardo, enseguida vuelvo.

Volteándose hacia David, agregó.

—En algo tienes razón. Jesús, el diablo y los apóstoles tuvieron juntos una última cena. Pero el diablo era uno sólo y luego se ahorcó.

Apenas salió, Alfred sacó de su bolsillo el rosario y empezó a rezar. En una esquina de la casa, David con la cabeza hacia abajo y los ojos bien inclinados hacia arriba, lo observaba y emitía un rugido suave como el de una fiera. El seminarista cerró los ojos y las cuentas del rosario se agitaban debido al temblor de las manos.

Gutiérrez llegó donde la familia y pidió que le entregaran el maletín, en lo que le llovían las interrogantes.

—¿Qué ha pasado, padre? -pregunta Stephanie.

Mientras el padre se revestía, les respondió.

—Está en una fase de engaño en la que busca destruir la moral de la Iglesia con argumentos bien rebuscados. Da la impresión de estar tan normal como nosotros. Espero que, a mi regreso, cuando empiece el exorcismo directamente sobre él, entonces el diablo se manifieste a través de su cuerpo. Será una lucha tenaz contra una manifestación demoníaca. Al terminar es necesario que quememos la cabaña. Que no quede ni una viga en pie.

—Esa cabaña está maldita. ¿Verdad, padre? -exclama Miguel.

—No hijo mío. No es la cabaña. Es el punto en el espacio. Es aquí donde convergen el inframundo y el mundo conocido. Es una ventana por donde se asoma Simia Dei y esa ventana hay que cerrarla.

—Pero entonces, ¿Qué tiene que ver la cabaña con esta cuestión de dimensiones? -vuelve a preguntar Miguel.

—Nada. Pero, ¿A quién se le ocurrirá después venir a vivir entre troncos de madera chamuscados? Si no habita nadie en este espacio entonces nadie será poseído. Aunque lamentablemente no es la única ventana en el mundo. Y esta es una más de las que conozco.

poco empezó a abrirse. Ella se acercó despacio y su corazón se agitaba cada vez más. De pronto, el zíper se abrió de un tirón y se vio así misma convertida en cadáver y metida ahí dentro. Gritó tan fuerte que espantó las aves que afuera posaban sobre la cerca. Al momento del grito, Carla, que aún estaba dentro del baño secándose el pantalón, se levantó bruscamente y sintió un roce ligero sobre los hombros. Miró con el rabillo del ojo y vio cerca de su rostro a ambos lados del cuello, unos pies descalzos que se balanceaban. Alzó rápido la cabeza y se encontró a sí misma colgando del cuello por una soga desde una viga del techo, con la lengua morada e hinchada visiblemente entre los dientes y los ojos en blanco. Gritó también aterrada y salió espantada del baño a encontrarse con sus padres. Al instante, de la boca de David se escuchó otro grito aterrador, pero este en cambio, era de muchas voces al unísono.

—¡Váyanse de mi casa!

Gutiérrez lo interpeló en el acto con voz fuerte y autoritaria.

—¡Dime cómo te llamas!

–¡No!

–¡Vamos, hijo del infierno! ¡Dime cómo te llamas!

–¡Asag! ¡Somos Asag!

–¿Cuántos espíritus de ustedes están en el atormentado?

–¡Setenta y dos!

Se creó de inmediato una gran confusión y los presentes no sabían qué hacer ni a dónde ir. Alfred fue el primero que sostuvo a Stephanie entre sus brazos con fuerza para que dejara de mirar lo que era producto de la magia del demonio y por otro lado Miguel encontró en la carrera a su hija que llamaba desesperada a su madre y a su padre, la atrapó y la apretó contra sí para calmarla. El cura, quien paró por un momento de rezar al escuchar los gritos más la cólera de la legión de demonios dentro del muchacho, decidió luego reiniciar el trabajo, pero esta vez pidió ayuda para continuar con más fuerza.

–Miguel, Alfred. Los necesito aquí ahora para sujetarlo bien fuerte.

Cuando los hombres se acercaron a David para agarrarlo, este se adhirió a la pared por sí sólo con las manos y los pies y se deslizó sobre ella como un lagarto. Se detuvo en una esquina y contorsionó el torso hasta la pelvis escuchándose el crujir de las vértebras de su columna. Se abalanzaron los tres sobre él y usando puro músculos lograron someterlo. Con mucho trabajo lo llevaron al cuarto y lo acostaron en la cama y a la carrera Stephanie les trajo unas fundas de almohadas, cintos y otras cuerdas que tenía a mano y que les sirvieran de atadura. Al fin inmóvil sobre la cama, el cura se preparó para continuar.

–En el nombre del Padre, del Hijo y del Espíritu Santo.

Los demás respondieron y se persignaron.

–Amén.

–Que Dios Padre Omnipotente esté con todos ustedes.

–Y con tu espíritu. -respondieron todos.

Sin nadie esperarlo, David escupió un vómito sobre todos de forma violenta. Era una sustancia de color ámbar y sumamente fétida. La abundancia fue tal que los cubrió a todos en la cara y la ropa. Gutiérrez sacó un pañuelo de su bolsillo para secarse un poco y la risa de David le causó mucha tristeza a Miguel y Stephanie. Sin tiempo que perder, el cura tomó en sus manos el hisopo, lo sumergió en el agua bendita y comenzó a esparcir el agua sobre el cuerpo del poseso y a decir la oración pertinente.

—"Esta es el agua que Dios ha bendecido. Que sea para nosotros fuente de salvación y vida. En el nombre del Padre, del Hijo y del Espíritu Santo."

Las gotas de agua bendita caían sobre el atormentado que se retorcía gimiendo de angustia y rabia. Se hizo visible la rigidez de los músculos de los brazos y piernas para deshacerse de las ataduras y huir del lugar mientras Gutiérrez reprendía al demonio dentro del joven.

—¡Vete! ¡Sal ahora mismo de ese cuerpo y refúgiate en el infierno que es tu morada definitiva! ¡Te lo ordeno! ¡Sal del cuerpo de David! ¡Te lo ordeno en el nombre de Nuestro Señor Jesús! ¡Mira la cruz y huye! ¡Mírala!

El padre pegó el crucifijo en la frente de David y lo retuvo agarrándolo por la estola que la había extendido hasta rodear el cuello del poseso. Los dientes de David rechinaban casi a partirse y gruñía como fiera. Su cuerpo empezó a levitar varios centímetros de la cama y las ataduras se tensaron hasta hacerle daño en las manos y los pies. Gutiérrez ordenó de inmediato que se las quitaran y detuvo por un momento el rito.

—¡Vamos Miguel, no te demores en quitarlas! Ahora no ofrece peligro y está cayendo su dominio ante la fuerza del exorcismo.

Dio inicio a las letanías, más oraciones, el Salmo 90, la proclamación del Evangelio y seguidamente el sacerdote le impuso las manos al atormentado sobre la frente diciendo:

—Señor Jesucristo, verbo de Dios Padre.

Dios de toda criatura, que diste a tus Santos apóstoles la potestad

De someter a los demonios en tu nombre

Y de aplastar todo el poder del enemigo;

Dios Santo, que al realizar tus milagros

Ordenaste: 'Huyan de los demonios'

Dios fuerte,

Por cuyo poder

Satanás, derrotado,

Cayó del cielo como un rayo..."

Las xenoglosias dentro de David continuaban amenazando ahora a Gutiérrez.

–Te voy a matar, perro servil de Dios. ¡Voy a poseerte, maldito!

El sacerdote vuelve a extender el crucifijo ante los ojos del muchacho que se les movían con rapidez entornados hacia arriba mientras se reía en tono de burla. Miguel comentó desesperado:

—¡Padre, no veo que esté funcionando!

—¡Cállense! -gritó el cura sin dejar de mirar a David- Sigan rezando. Recemos todos en alta voz el Padrenuestro.

En las afuera de la cabaña, acababan de llegar varios carros de policía con un grupo de miembros de SWAT bien armados. Desde afuera podía escucharse el rezo con voz fuerte. En lo que rodeaban la casa, adentro, David empezó a estremecerse por el efecto del ritual. Al parecer estaba por llegar la victoria del bien sobre el mal, pero Simia Dei no dejaría el cuerpo del joven sin hacer su estocada final.

Carla permanecía arrodillada al lado de su madre y ansiosamente se empezó a frotar los brazos y piernas de forma angustiosa. Su madre la observó y le preguntó:

—¿Qué te pasa, Carla? ¿Qué tienes?

–No sé, mamá. Me arde el cuerpo ¡Ay! ¡Mamá! ¡Tengo sangre!

–¡Miguel, por Dios! ¡La niña!

Los brazos de Carla empezaron a mostrar heridas largar y profundas que enseguida se llenaban de sangre. Eran una tras otra como cortadas propinadas por una cuchilla invisible muy afilada. Una le apareció de repente en el cuello muy cerca de la carótida y no había manos suficientes para taparlas todas para evitar que se desangrara. El dolor y la desesperación de la muchacha era incontrolable a lo que Gutiérrez le vertió todo el contenido de agua bendita encima de su cabeza y pudo evitar que salieran más heridas. David se reía y se mofaba de su madre gritando.

–¡La niña, la niña!

En medio de la confusión mientras todos se ocupaban en vendarle a Carla las heridas y contener la sangre, David se deslizó fuera del cuarto y cuando Gutiérrez se dio cuenta de la huida, fue tras él. Entre Stephanie, quien estaba visiblemente agitada y sin respiración y Alfred, acomodaron a la muchacha sobre un sofá hasta buscar ayuda. Carla no paraba de llorar aferrada al crucifijo que le había dado Gutiérrez y su mandíbula y sus manos temblaban de miedo al darse cuenta que su vida y la de su familia estaba realmente en peligro. Una muerte tan horrorosa y misteriosa como la que sufrió su tío Sean quien se envolvió en llamas en unos segundos. De pronto, Stephanie también se percató que David no estaba y a la carrera bajó las escaleras en busca de su hijo poseso, apretándose con una mano el pecho y quejándose de dolor. Ya en el jardín, el padre Manuel buscaba angustiado a David y notó que por encima del muro perimetral parpadeaban las luces de emergencia de la policía, pero no desistió de la búsqueda. En ese momento entraron dos policías de SWAT en el jardín con los rifles listos para disparar. Estaban a unos pasos frente al sacerdote y por un costado salió David de unos arbustos con un enorme cuchillo y se lanzó al ataque contra Gutiérrez. Clavó el arma unos centímetros por debajo del hombro derecho de Gutiérrez y este pegó un grito. Con una rapidez impresionante, Stephanie apareció de entre las sombras y se tiró sobre su hijo a quien ya tenían en la mira.

En el acto se oyeron dos disparos. Los cuerpos abrazados de Stephanie y su hijo cayeron al suelo en medio de la oscuridad del patio entre los arbustos del jardín y Manuel permanecía tirado en el suelo gimiendo de dolor y sangrando. Antes de que sucedieran los disparos, ya se escuchaba a Miguel dentro de la casa gritando de desesperación y los demás estaban espantados por la tragedia armando un gran alboroto dentro de la casa. Todo el entorno se cubrió de gritos de dolor y a media milla del lugar, una extraña y poderosa ola en el lago con una noche sin brisa, se elevó hasta tomar la altura de la colina cercana y al caer, comenzaron a aparecer cientos de peces muertos hervidos por la propia agua del lago.

Esa noche, toda la casa y sus alrededores hasta cerca del lago, quedaron sujetos a investigación policial casi hasta el amanecer y no fue hasta pasados algunos días, cuando los extraños eventos que tuvieron lugar aquella noche comenzaron a tener algún sentido para el sacerdote, aunque no así para las autoridades quienes no salían de la incógnita acerca de la segunda mujer que nunca encontraron.

Gutiérrez llegó al templo pocas horas después de haber salido del hospital después de un buen tiempo en recuperación debido a la herida de la cuchillada. Llevaba un bendaje que le cubría casi todo el brazo derecho y lo mantenía inmovilizado y algo adolorido. Avanzó despacio hasta la primera fila de bancos sintiendo el alivio de haber encontrado su casa. La misma sensación de paz y descanso que recibe un vagabundo cuando encuentra cobijo entre sábanas cálidas en una noche de invierno crudo, fue la que Manuel experimentó en ese momento cuando se dejó caer despacio en un banco para rezar por un rato. Con trabajo extrajo de su bolsillo el rosario, lo manoseó un poco, luego lo besó y empezó a rezar en un murmullo. Después de un largo tiempo de oración y reflexión, tuvo el presentimiento de que alguien más lo acompañaba y aún dentro de la iglesia, pudo sentir temor. Giró lentamente la cabeza hacia la izquierda y a unos pasos de él estaba sentada Stephanie. Se veía bella y deslumbrante con una sonrisa lozana que al sacerdote lo dejó confundido, a juzgar por los acontecimientos vividos recientemente en la vida de la familia.

–¡Stephanie! ¿Lograste sobrevivir? ¿Qué pasó con los demás?

–Fueron salvados por ella. La convergencia de la oscuridad con este mundo yace en el lago. Será tu próxima misión. En David no hay movimiento. Está con ustedes. Entrará en la eternidad en el momento que mi amado hijo decida.

A pesar de que apenas movía los labios, la voz llegaba clara y directa al entendimiento del sacerdote. Era una experiencia mística mucho más asombrosa que la que tuvo tiempo atrás en el campanario. No había timbre vocal que mediara entre ella y el cura. Sólo un silencio ensordecedor que se expandía y empujaba los muros por salir al mundo exterior. Una a una iban cayendo como claves las palabras de Stephanie en el sentido intelectivo de Gutiérrez. Algo tan sublime y bello que en su percepción extrasensorial lo envolvía en una caricia infinita.

–La ves a ella en mí, pero no a mí en esencia. -continuó la exaltación de la mujer- Mi hijo no murió. Tú eres un rayo de luz que volverás, en tu movimiento esperado, al fuego luminoso del Todopoderoso.

Unos toques al portón de la entrada rompieron el diálogo silencioso dentro del templo. Gutiérrez se levantó y fue a abrir la puerta intrigado.

Alfred entró con pasos lentos y abrazó a Gutiérrez con fuerza.

—¡Ay! -se quejó Manuel de un poco de dolor en el hombro a causa del descuido de Alfred- Ten cuidado, hijo. Todavía me duele un poco y no puedo casi mover el brazo.

—Disculpe padre. Es la alegría de verlo con vida. Ha sido una historia muy fuerte de principio a fin y ha dejado algunas vidas truncadas.

—¿Cómo está David? Tengo el ligero presentimiento que se pondrá bien. ¿Es cierto?

—Sí, es cierto. Hace unas horas salió del coma y Miguel está con él todo el tiempo. De vez en cuando va a la sala donde está Carla que se recupera muy bien de las heridas.

Mientras caminaban hacia el interior del templo, Gutiérrez comentó:

—Tú estuviste todo el tiempo consciente de lo que estaba sucediendo allá, por eso quiero que me aclares algunas cosas que aún no acabo de entender. A propósito, Stephanie estaba ahorita hablando conmigo, pero de una forma muy extraña y me llamó la atención que no estuviera en el hospital junto a sus hijos ¿eh? ¿Dónde se habrá metido?

Gutiérrez miraba a todos lados buscando a la mujer y Alfred, sorprendido por sus últimas palabras, no dejaba de mirar sus movimientos hasta que decidió llamar su atención.

—Padre. ¿Se siente bien?

—Sí, claro. ¿Por qué? -preguntó Manuel extrañado por la pregunta- Ya te dije que solo me duele un poco el hombro, pero nada más. ¿O es que me vas a decir que estoy loco? Ella estaba aquí.

–Padre.

Los dos se miraron y Alfred siguió.

–Stephanie murió el día de los hechos.

–¿¡Qué!? -exclamó Gutiérrez con asombro.

–Sí, padre. Ella nunca salió de la casa aquella noche.

Las palabras de Alfred aflojaron las piernas del sacerdote quien se dejó caer de nuevo en el banco y con el rostro petrificado no dejaba de mirar a su ayudante que se acercó a sentarse a su lado para seguir el relato que el hombre desconocía. Sin embargo, Manuel de vez en cuando hacía preguntas para clarificar la gran confusión en su cabeza.

–Pero…si ella estaba allí delante de mí, en el jardín. Salió de las sombras y se interpuso entre los policías y David para que no le dispararan. Además, si no hubiera sido por ella, David me habría atacado más fuerte. Yo escuché los disparos y los vi caer delante de mis ojos, luego creo que me desmayé y no supe más.

Con la voz llena de tristeza, Alfred empezó a hacer su versión.

—En medio del exorcismo, ella se quejaba de un fuerte dolor en el pecho, decía que sentía una fuerza dentro del pecho que la oprimía y apenas podía respirar. Cuando salió detrás de usted a buscar a David, unos segundos después salió también Miguel y me pidió que cuidara a Carla por un momento. Segundos después, Carla y yo escuchamos los disparos y corrimos abajo, pero en la escalera cerca de la salida, encontramos a Miguel llorando amargamente abrazado al cuerpo de Stephanie. En eso, Carla también empezó a gritar y se tiró sobre su madre que tenía un hilo de sangre que le salía por la boca. Pensé que había sido un disparo que le puso fin a su vida, pero de repente Miguel me miró y me dijo a gritos: '¡Corre, Alfred! ¡Hubo disparos afuera! ¡Busca a David!' en ese momento comprendí que su muerte tuvo otra causa, pero no entendí. Al salir, los oficiales me cerraron el paso apuntándome con las armas, pero pude ver un poco distante de mí dos cuerpos tumbados en el suelo; uno era David, el otro era usted. En ese momento, uno de los guardias le hizo señas a los que venían detrás y les dijo que buscaran a la mujer que tal vez estaba herida. No sé a qué mujer se refería, pero lo cierto es que esa supuesta mujer herida nunca apareció.

–Entonces, ¿Qué pasó después?

Todos fueron sacados del lugar en helicóptero, a excepción de Miguel que fue trasladado en vehículo de emergencia en compañía de su esposa quien fue declarada muerta en la escena. Yo, por mi parte, tuve que acompañar a los policías a la unidad de la policía a hacer declaraciones y todavía hasta hoy estoy siendo citado con frecuencia para hacerme preguntas y más preguntas.

–Pero, no me acabas de aclarar cómo murió ella. ¿Qué le sucedió?

–El informe oficial de la policía después de la autopsia, pues ellos mismos me lo dijeron, quedó inconcluso. La señora Stephanie sufrió lo que parece ser un infarto masivo. Sin embargo, los expertos opinan que nunca habían visto algo tan perturbador. Según ellos, cuando la abrieron, su corazón estaba prácticamente pulverizado. Solo encontraron en su tórax un puñado de masa coronaria hecha pedazos pequeños como picadillo y como si hubiera sido cocinado dentro del pecho.

—¡¿Cocinado dices?!

—Sí, padre. Ningún accidente cardiovascular sucede de esa manera tan agresiva. Es como si una fuerza ardiente y misteriosa hubiese entrado en el pecho de Stephanie sin hacer incisión alguna, agarrado el corazón y exprimirlo hasta reventarlo literalmente.

—Entonces… ¿Cómo se explica que fue ella la que se interpuso en el jardín, Alfred?

—No tengo idea, padre. Pero sí le aseguro, en primer lugar, que en el informe también se relata que solo un disparo hizo impacto en el cuerpo de David, el otro proyectil fue a parar a la pared de la cabaña muy cerca de la ventana. Y a juzgar por el estudio forense, era casi imposible que esto sucediera, porque los guardias son hombres bien entrenados en tiro, estaban a menos de veinte pies de distancia y el agujero en la pared estaba justo detrás de donde se suponía que estaba Stephanie o esa mujer cualquiera que fuera. Y, en segundo lugar, no se olvide cuál fue el motivo de nuestra visita y de todos los acontecimientos que rodearon nuestra misión. ¿Me puede explicar ahora padre, por qué me decía al principio que la señora Stephanie estaba aquí?

Manuel, que al parecer estaba un poco abstraído en sus pensamientos quizá atando cabos sueltos, salió de súbito de sus pensamientos y miró al diácono para responder.

—No, Alfred. Obviamente no era ella, aunque veía su rostro ante mí.

—Acabemos de una vez, padre. Ahora sí no entiendo nada.

—Asumo que fue la presencia de un ser celestial muy superior quien estuvo junto a mí antes que tú llegaras. Ella también hizo su aparición en la cabaña para salvar la vida de David y la mía también. Y esta noche, por la forma extraña en que sus palabras llegaron a mi percepción...

–¿Percepción, dice?

–Sí, Alfred. Nunca pude escuchar su voz. De hecho, los labios apenas se movían, pero podía entender perfectamente lo que me transmitía. Su prosa candorosa, su mirada angelical y tierna, todo me decía que no era nada de este mundo, pero no tenía la certeza.

–Pero, ¿cómo me decía usted que era Stephanie?

–Era definitivamente su rostro. Es la transformación que asumen los seres celestiales para poder entrar en la mente de los humanos. Sin una recreación visual, ya que el sonido de la voz no fue necesario, habría sido dudoso para mí como humano. Ella asumió la imagen de Stephanie con el fin de manifestar la afinidad con el espíritu de la mujer que su vida terrenal fue arrebatada por el demonio por tratar de salvar a su familia. Lo hizo en la cabaña justo cuando ella murió y esta noche delante de mí. Doy gracias al cielo por una experiencia tan maravillosa en circunstancias tan lúgubres. Al menos eso es lo que creo más acertado. Tú eres muy inteligente también y puedes sacar tus propias conclusiones.

—No sé, padre. Todo es un torbellino en mi cabeza y no puedo pensar con claridad, pero todo encaja como usted lo acaba de decir. Si mañana se me ocurre otra idea, pues la conversamos. Ahora me voy a dormir.

Cuando Alfred se levantó del asiento y se disponía a salir, Gutiérrez le dijo:

—Ella me encargó una misión y quisiera que me acompañaras.

—¿Una misión? ¿De qué se trata?

Tenemos que regresar al lugar de los hechos. Ella me dijo que Asag se ocultó en el lago y debemos expulsarlo de allí. Además, no olvides que la cabaña tenemos que destruirla.

La casa del bosque se envolvió en llamas en pocos minutos y después de observar atónitos la paradoja de cómo el fuego ponía fin a la entrada al infierno, buscaron entre los árboles alguna anomalía que indicara el rastro visible del escape de Satanás quien obviamente había abandonado el cuerpo de David cuando este cayó inconsciente al suelo. La tarde estaba oscura a causa de las nubes grises, pero no les impidió caminar hasta el lago y allí encontraron el efecto de la huida. Parados los dos sobre una colina, quedaron perplejos mirando lo que jamás se imaginaron que podía suceder sobre la faz de la tierra.

—No puedo entender, padre. ¿Qué estamos mirando?

—En un punto sobre la bendecida tierra que Dios creó, está la naturaleza muerta.

Gutiérrez balbuceó estas palabras y pareció como si las dijera dentro de una habitación cerrada en la que se podían escuchar desde cualquier ángulo y sólo el susurro de su conversación molestaba a ambos en los oídos como punzadas de cuchillo. El lago no se movía ni un milímetro, era como un espejo sólido y sin vida. A pesar de que podían respirar perfectamente, ni una sola hoja de todas las plantas del entorno tenía movimiento. No era posible escuchar absolutamente nada, ni siquiera el ruido de los pájaros o los insectos. Hasta las nubes parecían fijas en el mismo lugar a pesar de la tarde tormentosa. Caminaron unos pasos y todo fue aún más impresionante para los religiosos. No podían escuchar sus pasos sobre la tierra o la yerba. Sin embargo, podían escucharse uno al otro con tanta claridad como si estuvieran leyéndose mutuamente los pensamientos.

—Estamos sumergidos -exclamó Gutiérrez- en la dimensión donde no se concibe la vida además de la nuestra.

—Padre. Siento que estamos metidos en un cuadro en el que el artista ha pintado solo naturaleza muerta. ¿Por qué seguimos con vida aquí dentro? ¿Por qué podemos respirar?

—No lo sé. Cuando la obra nos impresiona más que el artista, nuestra inteligencia se empequeñece ante el efecto y no alcanza a reconocer el poder de la causa.

Se acercaron a la orilla y Gutiérrez se agachó a coger uno de los cientos de peces muertos. Lo observó detenidamente y luego comentó:

–Definitivamente fue obra de Asag. Es el único de los demonios capaz de hacer hervir los peces cuando penetra las aguas. Adelante muchacho que hay mucho trabajo por hacer.

–Discúlpeme padre, pero realmente no veo la conexión entre los hechos ocurridos en la ciudad y lo que sucedió aquí en medio del bosque y en esta diabólica cabaña.

–Yo tampoco la veo mi amigo, pero asumo que la respuesta debió estar en las libretas de notas de David que había dentro de la cabaña y en el grimorio, del cual no me atreví a leer ni siquiera una palabra, y que por fortuna solo quedan cenizas de todo eso.

–¿Cuándo volverá la vida a este lugar, padre? -preguntó Alfred mientras se revestía para el ritual.

–Podría volver al abrir el sol en la próxima mañana o quizá en los días siguientes, o meses o años, pero al final el lago volverá a tener sus aguas limpias, y el sol atravesará en las mañanas sus aguas claras hasta llegar a las profundidades llevando color y vida otra vez. Lo que hemos hecho hoy, es podar algunas ramas del frondoso árbol del mal. Las raíces, permanecen ocultas bajo tierra, bajo las aguas. Asag siempre estará en la oscuridad esperando por su presa. Tal vez en una casa con moradores aparentemente felices, o en la voluntad de un artista, un escritor, un joven o un anciano. No será uno o dos los posesos, serán decenas o cientos. Un número tan impresionante que arrastrará a los débiles al abismo insondable del egoísmo y la soberbia y se multiplicaran por miles como una pandemia. Las ventanas al inframundo se abrirán hasta cubrir naciones enteras. Ya no habrá moral, ni temor de Dios. El amor caerá en el relativismo y perdurará solo la esperanza de unos pocos de que la Salvación… está por llegar.

FIN